阿赫玛托娃诗全集

1921 – 1957

晴朗李寒 译

人民文学出版社
PEOPLE'S LITERATURE PUBLISHING HOUSE

图书在版编目(CIP)数据

阿赫玛托娃诗全集.1921—1957/(俄罗斯)阿赫玛托娃著；
晴朗李寒译.—北京：人民文学出版社，2017
ISBN 978-7-02-012283-7

Ⅰ.①阿… Ⅱ.①阿…②晴… Ⅲ.①诗集-俄罗斯-现代 Ⅳ.①I512.25

中国版本图书馆 CIP 数据核字(2016)第 326408 号

责任编辑　卜艳冰　何家炜
装帧设计　高静芳

出版发行　人民文学出版社
社　　址　北京市朝内大街 166 号
邮政编码　100705
网　　址　http://www.rw-cn.com

印　　刷　上海利丰雅高印刷有限公司
经　　销　全国新华书店等

字　　数　115 千字
开　　本　889×1194 毫米　1/32
印　　张　14　插　页　5
版　　次　2017 年 4 月北京第 1 版
印　　次　2017 年 4 月第 1 次印刷

书　　号　978-7-02-012283-7
定　　价　66.00 元

如有印装质量问题，请与本社图书销售中心调换。电话：010-65233595

目录

亲爱的旅人啊，你路途遥远……　_463
我们不能见面。我们在不同的阵营……　_465
一切都被偷盗，背叛，出卖……　_466
站在天堂洁白的门槛……　_468
啊，你以为——我也是那样的女人……　_469
我听命于你，信守不渝……　_471
你没有幸免于难……　_472
不是奇迹吗，我们竟认识他……　_473
恐惧，在黑暗中收拾着东西……　_474
生铁的栅栏……　_476
你说出预言，痛苦的人啊，垂下了手臂……　_478
啊，这没有明天的生活……　_479
我们好不容易分了手……　_481
趁我还没有跌倒在栅栏下……　_483
啊，今天是斯摩棱斯克命名日……　_485
让管风琴的旋律突然响起……　_487
对你百依百顺？你简直发了疯……　_489
大门豁然敞开……　_491

哭泣的秋天，像一位寡妇……　_493

你久久凝视的目光让我疲倦……　_494

我出语成谶招来亲人的死亡……　_495

他声称，我没有情敌……　_497

戏剧的第五幕……　_498

爱人们的灵魂都在高高的星空安息……　_499

我的天使，我和你没有耍滑头……　_500

在那个久远的年代，爱情熊熊燃烧……　_501

拉结　_503

别热茨克　_506

明亮的啤酒冒着气泡……　_508

不要让尘世的快乐使心灵疲倦……　_510

为何你不知所措地徘徊……　_511

在那栋房子里生活非常恐惧……　_512

那位天使，呵护了我三年……　_514

诽谤　_515

骇人听闻的流言在城中游荡……　_517

他低声说：我甚至不惜……　_519

预言　_520

诀别曲　_521

最好让我大病一场，在高烧的呓语中……　_523

那些抛弃了国土，任仇敌蹂躏的人……　_524

给众人 _526

你好,彼得堡! _528

魔鬼没有出卖。一切我都办到了…… _529

前所未有的秋天打造了高高的穹窿…… _530

离别 _531

这里真美:簌簌风响,沙沙雪飞…… _532

新年叙事诗 _533

那个惩罚的黄昏多么公正…… _535

你怎么可以,刚强而自由的人啊…… _537

月亮静止在湖水的那边…… _539

山雀歌唱得美妙…… _540

犹滴 _541

这一生让我深感无聊的…… _544

罗得之妻 _545

缪斯 _547

致画家 _548

我不会用你的名字亵渎双唇…… _550

忆谢尔盖·叶赛宁 _551

你会原谅我的一切…… _552

他们以镰刀和锤子宣誓…… _553

1925年 _554

啊,我是否知道,当缪斯一袭白衣…… _555

高加索之诗　_556

十年又一年,你的女友……　_557

现在我该如何凝视这双眼睛……　_558

请你原谅我,我自理能力太差……　_559

如果不安的月光缓慢移动……　_560

讽刺短诗　_561

那座我从童年就热爱的城市……　_562

当然,我的快乐很少……　_564

再次到夜晚的密林中去吧……　_565

两行诗　_566

因为我们所有人……　_567

不,和成群被驱赶的人沿着列宁之路……　_568

最后的祝酒词　_569

野蜂蜜散发出自由的气息……　_570

为什么你们往水里下毒……　_571

鲍里斯·帕斯捷尔纳克　_572

他是否会派天鹅来接我……　_575

沃罗涅日　_576

祈求　_578

但丁　_579

我对你隐藏了心灵……　_581

一些人投来温柔的目光……　_583

创作 _585

在铃兰盛开的五月…… _587

我知道，无法从原地挪动…… _588

我被钉在黝黑的时代…… _590

一点点地理 _592

玩这样的江湖小技…… _593

仿亚美尼亚之诗 _594

纪念鲍里斯·皮利尼亚克 _595

庆祝这最后的周年纪念吧…… _597

生活——像在户外…… _599

我，被褫夺了火与水…… _600

就这样一直争论到…… _601

七千零三公里…… _602

回答 _603

那被遗忘的…… _604

所有人都走了，谁也没回来…… _606

书上题词 _608

祝福新的一年！祝福新的悲哀！ _609

柳树 _610

记忆的地下室 _612

我不需要什么颂歌的队伍…… _614

人一旦死去…… _615

克娄巴特拉 _616

马雅可夫斯基在1913年 _618

忧郁的心情就这样飞逝而去…… _620

我哄睡了鬈发的小儿…… _622

迟到的回答 _624

这就是我给你的,以替代墓地上的玫瑰…… _626

关于纳尔布特的诗歌 _628

诗篇 _629

节选自组诗《青春》 _631

你看,与死神直视的眼睛…… _634

书上题词 _636

扎恰奇耶夫斯基第三胡同 _638

1940年8月 _640

阴影 _642

一位女邻居出于怜悯…… _644

经过史 _645

致伦敦人 _649

但是我警告你们…… _650

不是几周,也不是数月…… _651

一个人径直而行…… _652

我可真的不了解失眠…… _653

诗集《车前草》上的题词 _654

我正在做的事，每个人都能做…… _656

列宁格勒在1941年3月 _658

敌人的旗帜…… _659

誓词 _660

用力挖吧，我的铁锹…… _661

第一颗远程炮弹落在列宁格勒 _662

途中之歌，或暗处传来的歌声 _664

死亡之鸟悬于高天…… _665

但愿信号灯不要闪亮…… _666

整个尘世间只剩下了…… _667

来临 _668

勇敢 _669

是从列宁格勒那些威严的广场…… _670

这就是它了——那秋日的风景…… _671

也许，还有许多事物希望…… _673

花园中挖好了战壕…… _674

像个伤心的女人睡去…… _676

诺克斯 _677

我目不转睛地眺望着地平线…… _678

生活如此。我祝愿你们拥有另外的…… _679

您和一只山雀在地板之下…… _682

死亡 _683

在斯摩棱斯克墓地 _685

IN MEMORIAM _686

伤寒病中 _687

如果你是死亡…… _688

让我们一起去死在撒马尔罕…… _689

父辈们斟满泛着泡沫的杯子…… _690

让我来告诉你一切…… _692

两只尖角的月亮上蒙着阴影…… _693

她不会死于苍白的恐惧…… _694

列宁格勒的贵族们…… _695

这个房间，我躺在里面生病…… _696

普希金 _697

镜中粗野的影子藏起了侧面…… _698

好像在教堂的餐厅中…… _699

而我们…… _700

女主人 _701

科罗姆纳郊外 _702

相逢 _704

三个秋天 _705

来吧记忆 _707

当我出于习惯呼唤…… _708

又一首偏离主题的抒情诗 _709

客人们　_711

我永远喜欢书中的最后一页……　_712

一切重又回到我的身边……　_714

他们郑重地告别了女友……　_715

……所有思绪和情感，消失于……　_716

你以名人的身份返回我身边……　_717

后记　_718

《列宁格勒组诗》后记　_719

难道我全然变了，不再是那个……　_720

记忆深处，仿佛饰有花纹的匣子里……　_722

背叛　_723

致胜利者　_724

1944年1月27日　_725

我从深渊里大声疾呼——我这代人……　_726

内景　_727

我多想早日回到有金黄圆顶的……　_729

在远离列宁格勒的地方……　_730

右边是伸展的荒原……　_731

在那里，沿着令人晕眩的白罂粟……　_732

我已经有七百年没在这里……　_733

你啊，亚洲，故乡之故乡……　_734

塔什干鲜花盛开　_736

选自《塔什干笔记本》 _737

从所有的钟楼里…… _739

从飞机上俯视 _740

我们的男孩保卫着我们…… _742

致普希金城 _743

防波堤上第一座灯塔突然放出光芒…… _744

最好让我把这该死的身体…… _745

哀泣歌 _746

最后一次归来 _747

我们神圣的职业…… _748

"难忘的日期"重又来临…… _749

是的,在断绝往来的日子总会这样…… _751

明月当空 _752

奇异的抒情诗中,每一步——都是秘密…… _753

冷冰冰的铃声 _754

是该忘记这骆驼般的嘈杂…… _755

啊,这个人,对我来说…… _756

断章 _757

城市古老,如同大地…… _758

现在我感谢所有人…… _759

不知我什么地方又出了毛病…… _761

老师 _762

回忆包含三个阶段……　_763

被解放的土地　_766

胜利伫立在我们的门口……　_767

在五月　_768

迎着旗帜，迎着我们凯旋……　_769

我们有什么值得自豪……　_770

就让刺耳音乐的波浪猛烈冲击……　_771

《浮士德》的故事梗概在远方……　_772

对我，如同对一条河流……　_773

怀念友人　_776

仿佛站在天际的白云边……　_777

所有声响在空气中烧成灰烬……　_778

很久以来我就不喜欢……　_779

众人曾开玩笑地把那人……　_780

玻璃窗上冰雪在消融……　_782

这是你猞猁般的眼睛，亚洲……　_783

你清楚，我不能赞美……　_784

我们没有吸入迷梦的罂粟……　_785

狡猾的月亮注视着我……　_786

梦中　_787

第二个周年　_788

亚历山大·勃洛克之忆　_790

非梦 _791

肖像题词 _792

曾和流浪汉躺在…… _793

我用高昂而意外的代价…… _794

每棵树木里都有受难的上帝…… _795

饱经苦难直至墓地之上的火焰…… _796

我获得了那个称号…… _797

秋天如帖木尔重又袭来…… _799

我会宽恕所有人…… _800

这里的一切都依法属于你…… _801

您吃惊吧，我是如此忧伤…… _802

摇篮曲 _803

攻克柏林 _804

1949年12月21日 _806

领袖以他鹰隼般的目光…… _808

1950年 _810

在那荒原昏睡的地方…… _812

给诽谤者 _813

就这样在我们伟大的祖国…… _815

致莫斯科 _817

祝酒词 _819

正告战争贩子 _820

爱情会先于一切化为死亡的灰烬……　_821

雷卡米埃夫人重又变得那么美好……　_822

五年过去了……　_823

1950年6月1日　_825

孩子们说　_826

战火中的朝鲜　_828

斯德哥尔摩宪章　_831

在少先队夏令营里　_832

北方海路　_834

海滨胜利公园　_835

和平万岁！　_837

俄罗斯苏维埃联邦社会主义共和国　_838

伏尔加——顿河　_840

五座伟大的建筑，犹如五座灯塔……　_842

一切将会如此！　_844

未完成的长篇小说中的诗歌　_846

那颗心儿已不能回应……　_847

断章　_848

有关一零年代　_849

祝酒歌　_851

情歌　_852

梦　_853

你虚构了我…… _855

沿着这条道路…… _857

莫斯科郊外的道路吸引着我…… _858

她把还在说着话的听筒…… _859

别再重复了——（你的心灵富饶）…… _860

就让有的人还在南方休憩吧…… _861

第一支短歌 _863

另一支短歌 _864

在破碎的镜子里 _866

这个声音没有欺骗我…… _868

……什么！仅仅十年…… _870

选自组诗《焚毁的笔记本》 _871

对我来说，这忠贞的证据…… _872

我歌唱这次见面，歌唱这个奇迹…… _873

这是个平常的清晨…… _874

选自列宁格勒挽诗 _876

会被人忘记？——这可真让我惊奇…… _878

你徒劳地向我的脚下抛掷着…… _879

我向他们鞠躬致敬…… _881

我拿起话筒…… _883

八月 _884

讽刺短诗 _886

音乐　_887

所有人，——那些没被邀请的……　_888

这棵柳树的叶子在十九世纪枯萎了……　_889

亲爱的旅人啊,你路途遥远……

亲爱的旅人啊,你路途遥远,
但是我有话对你讲。
此时天空中已然亮起了
送别晚霞的烛光。

我的旅人啊,请把你明亮的视线
移向路的右边:
这里生活着一条狡猾的恶龙,
很久以来它就主宰着我的命运。

而在这条恶龙的洞穴中
既没有宽容,也没有法律。
一条皮鞭挂在洞壁上,
禁止我哼唱歌曲。

这条长翅膀的恶龙折磨着我,

它教育我学会顺从，
让我忘却粗鲁的大笑，
让我变得超凡出众。

我亲爱的旅人啊，请把我的话语
带往遥远的城市，
让那个人变得伤心，
知道我活得也像他一样。

1921年6月22日
彼得堡，谢尔吉耶夫斯卡亚大街7号

我们不能见面。我们在不同的阵营……

我们不能见面。我们在不同的阵营,
你是召唤我去那儿吗?无耻的家伙,
那里有我遍体鳞伤的弟兄
接受了天使的花环。

无论是祷告的微笑,
还是你狂热的誓言,
抑或是麻木不仁、摇摇晃晃的幽灵
都不能迷惑
我幸福美满的爱情……

1921 年 6 月

一切都被偷盗,背叛,出卖……
——致娜塔丽娅·雷科娃①

一切都被偷盗,背叛,出卖,
黑色死神的翅膀隐隐扇动,
一切都忍受着饥饿痛苦的折磨,
究竟为了什么我们变得高兴?

在白天,城郊外虚幻的森林
散发出樱桃的清香,
在夜晚,七月透明的苍穹深处
崭新的星座在闪烁着光芒,——

而那神秘的事物渐渐走近
这些倒塌的肮脏的楼群……

---

① 娜塔丽娅·雷科娃(1897—1928),俄罗斯文学评论家、翻译家、图书分类学家。自1910年末成为阿赫玛托娃的亲密朋友。

无论谁,无论谁都不清楚,
但它肯定是我们期盼已久的事物。

1921年6月

站在天堂洁白的门槛……

站在天堂洁白的门槛,
他回过头来,高喊:"我等你!"
临终时,他为我留下的最后遗产
是贫困和善意。

当天光渐亮,
他呼呼地扇动着翅膀,
看着我,和向我乞讨的那些人
把一块硬面包分享。

而当大战过后,
染血的云朵在空中飘荡,
他会听见我的祈祷
和我爱情的话语。

1921 年 7 月

啊,你以为——我也是那样的女人……

啊,你以为——我也是那样的女人,
可以随便把我忘记,
以为我会扑倒在枣红马的蹄子下,
哀求不止,痛哭流涕。

或者会去找女巫求助,
向她讨要浸泡在神水中的人参,
或者还会寄给你一件可怕的礼物——
我那条作为信物的香巾。

去死吧。我决不会用呻吟和目光
触及你那颗罪孽深重的心灵,
但是我发誓:以天使的花园,
以神奇灵验的圣像,
以我们共同度过的那些炽热迷醉的夜晚,

向你发誓:永远不再回到你的身边。

1921年7月

彼得堡,大喷泉

我听命于你,信守不渝……

我听命于你,信守不渝——
你不必担心,我痛苦地爱着你!
为了我们快乐的友情
现在我向所有的神灵祈祷。
我为你献出了继承优先权
而作为交换却一无所求,
为此,我把孤儿的破衣烂衫
像婚纱一样穿在身上。

1921年7月

你没有幸免于难……①

你没有幸免于难,
没能从雪地上站起。
二十八处刺刀伤,
还有五处枪弹的痕迹。

我为朋友缝制了
一件痛苦的新衣。
俄罗斯大地啊,
它热爱着,热爱着新鲜的血滴。

1921 年 8 月 16 日
(车厢)

---

① 1921 年,阿赫玛托娃写作的几首诗都应与古米廖夫被害有关。

不是奇迹吗,我们竟认识他……

不是奇迹吗,我们竟认识他?
他吝于赞美,从不诽谤和愤怒,
就连至尊的圣母
也护佑着自己出色的诗人。

1921年8月16日

彼得堡

恐惧,在黑暗中收拾着东西……

恐惧,在黑暗中收拾着东西,
月光照亮斧头。
墙后传来不祥的敲击——
那是什么,大老鼠、幽灵还是小偷?

他在闷热的厨房里让水流滴答作响,
他清点着松动的地板,
他长着黑色发光的络腮胡子
在阁楼的窗口旁闪现——

之后寂然无声。他多么可恶而狡猾,
藏起了火柴,吹灭了蜡烛。
还不如把步枪闪光的枪口
对准我的胸膛,

还不如在绿色的广场

躺到未经油漆的断头台上
伴着欢乐的呐喊与呻吟
让鲜红的血液一滴不剩地流光。

我把那枚光滑的十字架贴近胸口：
请还给我内心安宁吧，上帝！
冰凉的床单上散发出
甜蜜的令人晕厥的腐烂气息。

1921年8月25日或27—28日 ①
皇村

---

① 据后来推测，这首诗创作于阿赫玛托娃的丈夫古米廖夫被处决之日。

生铁的栅栏……

生铁的栅栏,
松木的床板,
这是何等的幸福,从此后
我不再把别人艳羡。

有的嚎啕痛哭,有的轻声祈祷,
人们为我铺好这张睡床;
上帝保佑你!现在真好,
世界任你自由徜徉。

如今,那些狂乱的话语
不再会伤害你的听力,
如今,也不再会有人
把蜡烛点亮到凌晨。

我们终于获得了安宁

过上了纯洁的生活……
你还在哭泣——可我不值得你
流下一点儿泪滴。

1921年8月27日
皇村

你说出预言,痛苦的人啊,垂下了手臂……
——致奥·阿·格列博娃-苏捷伊金娜①

你说出预言,痛苦的人啊,垂下了手臂,
一绺发丝粘在了没有血色的前额上,
而当你微笑时——哦,那绯红色的笑容
不止诱惑了一只蝴蝶,
不止吸引了一只蜜蜂。

月光般的眼睛多么明亮,
敏锐的视线紧张地停留在了远方。
你给了死者甜蜜的责备,
还是以生者的身份宽厚地原谅了
你的疲惫和羞耻?

1921 年 8 月 27 日
皇村

---

① 奥·阿·格列博娃-苏捷伊金娜(1885?—1945),俄国演员、舞蹈家、画家,阿赫玛托娃的好友。生于圣彼得堡,1924 年后移居法国,过着贫困的生活,1945 年逝世于巴黎。1966 年,在整理她的遗物时才发现她译了大量法国诗人波德莱尔、马拉美、魏尔伦的诗稿。

啊,这没有明天的生活……

啊,这没有明天的生活!
我从每句话中捕捉到背弃,
而那颗爱情递减的星辰
为我冉冉升起。

就这样不易觉察地飞逝而去,
几乎在相遇时也不能发现。
夜晚再次降临。在潮湿的倦意中
会再次亲吻双肩。

我没有讨你喜欢,
我令你感到厌倦。而刑讯还在持续,
如同一名女犯,我遭受着
充满邪恶的爱情的摧残。

有时如兄弟。你沉默不语,好发脾气。

但是如果我们的目光相遇——
我会以上天对你发誓,
让花岗岩熔化在火焰里。

      1921年8月29日
       皇村

我们好不容易分了手……

我们好不容易分了手,
熄灭了没有爱情的火焰。
我永世的敌人,现在正是时候,
你应该找谁去学会真正地爱恋。

我终于自由了。这一切为我带来欢乐——
缪斯会在深夜飞来把我安慰,
而荣誉会在清晨蹒跚着走来
在耳边把铃铛不停地摇响。

你用不着为我祈祷,
离别时,也用不着频频回头。
忧郁的微风会让我平静,
金色的落叶会让我忘记忧愁。

像接受一件礼物,我接受了别离,

而把忘却,看作是上天的赐予。
但是,请告诉我,这十字架般的痛苦
你敢不敢让别的女人去背负?

1921年8月29日

皇村

趁我还没有跌倒在栅栏下……

趁我还没有跌倒在栅栏下,
狂风还没有彻底把我摧毁,
那急盼拯救的梦想
如同诅咒,把我瞬间灼伤。

我固执地等待着事情的发生,
就像歌曲中唱到的一样,——
他在白天出没,快乐,一如从前,
自信地叩打着房门,

走进来后,他会说:"够了,
你看,我已经原谅了你。"
没有恐惧,也没有痛苦。
不再有玫瑰,也不再有天使长的神力。

然后在丧失理智的狂暴中,

我将呵护好自己的心,
不经历这一时刻就轻易死去,
我简直无法想象。

1921 年 8 月 30 日
皇村

啊,今天是斯摩棱斯克命名日……

啊,今天是斯摩棱斯克①命名日,
蓝色的乳香在小草上弥漫,
就连祭祷的歌声也在空中飘荡,
如今这歌声明快,不再忧伤。
那些面色绯红的年轻寡妇
带领男孩和女孩们来到墓地
把父亲们的坟茔探望,
而这片墓地——夜莺的小树林,
在阳光下一动不动。
我们给斯摩棱斯克的庇护女神,
给银色灵柩里的至圣圣母
双手献上了
我们的太阳,在减弱的痛苦里,——

---

① 斯摩棱斯克(Смоленск)位于俄罗斯西部第聂伯河畔,距离莫斯科 360 公里,是斯摩棱斯克州的首府。

献出了亚历山大①,圣洁的天鹅。

1921年8月

---

① 亚历山大,俄罗斯常用男人名,来自希腊语,意思为:人类的保护者。

让管风琴的旋律突然响起……

让管风琴的旋律突然响起,
仿佛第一场春天的暴雨:
从你未婚妻的肩膀后
我半眯着的眼睛看得仔细。

爱情的七天,别离后严酷的七年,
战争,叛乱,心灵空虚的家,
小小的手掌沾染无辜的鲜血,
绯红的鬓角上露出一缕白发。

别了,别了,祝你幸福,好朋友,
我会把你甜蜜的誓言归还给你,
但请珍爱你充满激情的女友
请告诉她我独一无二的呓语,——

因为,它会把你们宁静安乐的联盟

用炽烈的毒药刺穿……
而我会去掌管神奇的花园,
那里有小草的低语和缪斯的高声赞叹。

1921年8月

皇村,医院

对你百依百顺？你简直发了疯……

对你百依百顺？你简直发了疯！
我愿遵从的，唯有上帝的旨意。
我不想心惊胆战，更不要心情悲痛，
对我来说，丈夫是刽子手，家就是监狱。

可是你看到没有！我这是自投罗网……
十二月已经降临，旷野上寒风呼啸，
在你的囚禁下灯火如此明亮，
窗外却被黑暗把守，无处可逃。

就好像在阴云密布的冬季
小鸟用尽全力撞击着透明的玻璃，
洁白的羽毛上浸染着斑斑血迹。

如今，我的心中充满安宁和幸福。
别了，沉寂的人啊，我会永远爱着你，

因为，你在家中收留了一个漂泊的女人。

1921 年 8 月

皇村

大门豁然敞开……

大门豁然敞开,
菩提树赤裸,形同乞丐,
坚固而凹陷的城墙上
镀金的表层暗淡无光。

教堂和墓地充满嘈杂的轰鸣,
嘹亮的声音向着第聂伯河飘荡,
沉重的马泽帕大钟 ①
在索菲亚广场上空回响。

这钟声越来越威严,坚定,
仿佛这里正在处决邪教罪犯,

---

① 马泽帕大钟,是基辅工匠阿法纳西·彼得罗维奇于1705年依照最高军队统领伊万·马泽帕的要求铸造,大钟以他的名字命名。安放于基辅市中心的索菲亚广场的凯旋教堂的二层。大钟重达13吨,高1.25米,钟钮高0.28米,直径1.55米,上面雕刻有天使的图像和马泽帕的徽志及铭文。它是乌克兰现存最大的铜钟。

而河对岸的密林中,声音渐渐平静,
毛茸茸的小狐狸在快活撒欢。

      1921年9月15日

哭泣的秋天，像一位寡妇……

哭泣的秋天，像一位寡妇
一身黑衣，整个内心弥漫云雾……
她一一回想男人说过的话语，
无法停止嚎啕大哭。
就这样吧，趁着静息的雪花
还没在悲哀疲惫的女人身上缩成一团……
忘却疼痛，忘却安逸——
生活不会因此而过少的付出。

1921 年 9 月 15 日
皇村

你久久凝视的目光让我疲倦……

你久久凝视的目光让我疲倦,
我也学会了折磨自己。
是你的一根肋骨创造了我,
我怎么能不爱你?

遵从古老命运的约定
我成为了你快乐的姐妹,
我变得贪婪而调皮,
成为你最为柔情蜜意的奴隶。

当我奄奄一息,才变得温顺。
我躺在你白雪般的胸膛上,
你那颗阅历丰富的心
是何等欢畅——它就是我祖国的太阳!

1921 年 9 月 25 日

我出语成谶招来亲人的死亡……

我出语成谶招来亲人的死亡,
他们一个个相继死去。
哦,我多么悲痛!这些坟墓
都曾被我不幸言中。
恰似乌鸦们一样盘旋,嗅到了
新鲜的热血的气息,
我的爱情同样欢腾跳跃着,
送来了奇怪的歌声。

和你相伴我觉得甜蜜而狂热,
你这么近,就像胸膛贴着心。
请把手给我,平静地听我说。
我恳求你:快离去。
最好让我不知道,你在哪里。
哦,缪斯,不要呼唤他,
就让他活着,不会吟诵诗歌,

也不懂我的爱情。

1921年10月
彼得堡

他声称,我没有情敌……

他声称,我没有情敌。
对他来说,我不是凡俗的女子,
而是冬天太阳令人快乐的光芒
是祖国边疆狂野的歌曲。
当我死去,他不会感到悲伤,
不会疯狂,呼喊着:"复活吧!"——
但是他会突然明白,身体缺少了阳光,
灵魂没有了歌曲,就不可能活下去。
……可现在该怎么办?

1921年11月25日

戏剧的第五幕……

戏剧的第五幕
吹拂着秋日的气息,
公园中的每一个花坛
都宛若新鲜的墓地。
哀悼死者是如此痛苦。
如今我的灵魂
和所有的敌人都已和解。
秘密的弥撒已然举行
我再没有事情可做。
为什么我这样犹豫不决,好像
奇迹很快就会发生。
我用柔弱的手臂
尽力撑住沉重的小船,
让它停靠在码头边,和那些
留在岸上的人辞行。

1921 年秋
皇村

爱人们的灵魂都在高高的星空安息……

爱人们的灵魂都在高高的星空安息。
多好啊,再没人可以失去,
再没人可以为之哭泣。这皇村的空气
就是为了再次唱起那些歌曲。

湖畔上那棵银白色的垂柳
抚摸着九月明亮的水面。
我的灵魂从过去醒来了,默默地
迎面走到我的跟前。

这里的树枝上挂满那么多竖琴……
我的竖琴好像也有一席之地……
而这一小阵罕见的太阳雨,
给我带来了抚慰和美好的消息。

1921年秋
皇村

我的天使，我和你没有耍滑头……①

我的天使，我和你没有耍滑头，
怎么会这样，我把你留下来，
用全部尘世无法补救的痛苦
迫使你成为了我的人质？
桥梁下未冻的水面蒸腾着水汽，
篝火上的火星儿闪烁着金光，
忧郁的寒风可恶地嘶吼着，
一枚涅瓦河畔偶然飞来的子弹
寻找着你可怜的心脏。
在结冰的房子里，你一个人
苍白地躺在暗淡的光线中，
还赞美着我痛苦的名字。

1921 年 12 月 7 日
彼得堡

---

① 此诗以男性口吻写成。

在那个久远的年代,爱情熊熊燃烧……

在那个久远的年代,爱情熊熊燃烧,
像祭台上的十字架,悬在注定失败的心中,
你没有像可爱的鸽子依偎
在我的胸前,而是像老鹰用爪子把它撕碎。
你是第一个背叛的女人,你用该死的烈酒
把自己的朋友灌醉。
但是此刻你注视着
那双绿色的眼睛,严厉的唇吻
徒劳地祈祷着甜蜜的恩赐
这样的誓言,你还从来没听到过,
也从来没有人说起过。
往泉水中投毒的那个人,
因为跟随他的脚步走到荒野之上
口渴难忍,自身迷失了方向,
他无法在昏暗中分辨泉源。
他靠近冰凉的泉水,饮下死亡,

但最终不知能否消除这死亡和渴望?

1921年12月7—8日

彼得堡

拉结 ①

> 雅各就为拉结服事了七年。
>
> 他因为深爱拉结，
>
> 就看这七年如同几天。
>
> ——《圣经·旧约》

雅各在田间遇到了拉结，

他向她鞠躬，如同无家可归的旅人。

羊群搅起炎热的灰尘，

泉眼之上盖着巨大的石头。

---

① 拉结，根据《圣经·创世记》的记载，是雅各第二位和最宠爱的妻子（原是表妹）、约瑟和便雅悯的母亲、拉班的女儿、雅各第一位妻子利亚的妹妹。丈夫雅各是她的表兄，婆婆利百加是拉结的姑母。拉结在《圣经》中首次出现，是在《创世记》第29章第17节，雅各的母亲利百加劝他逃到拉结的家，以免被哥哥以扫杀害，也能有机会物色一位妻子。他看见拉结，立刻爱上了她，希望同她结婚，舅舅拉班要求雅各为他牧羊7年，但在婚礼的夜晚却哄骗他，将姐姐利亚穿上礼服，冒充拉结嫁给雅各。雅各又为拉班牧羊7年，才有机会娶到了拉结。据《圣经·旧约·创世记》记载，拉结生下便雅悯后，因难产而死。雅各在耶路撒冷往伯利恒的路上埋葬拉结，并设立墓碑，今日尚在。

他用自己的手臂把石头转离
让羊畅饮了清澈的井水。

但在他胸中一颗心变得忧郁,
阵阵作痛,犹如撕开的伤口,
为了这位少女他同意
为拉班放牧七年。
拉结啊!为了赢得你的爱意,
七年——只仿佛使人眩目的七天。

而贪财的拉班聪明绝顶,
没有半点恻隐之心。
他觉得:以拉班家族的荣耀
每一次欺骗都应得到原谅。
于是就用强硬的手段把盲目的利亚
领进了雅各新婚的洞房。

荒漠之上高深的夜晚在流逝,
洒落下冰冷的露水,
拉班的那位小女儿在呻吟,
撕乱了蓬松的发辫。
她诅咒着姐姐,指责着上帝,

请求死亡天使快些出现。

而雅各梦见那甜蜜的时刻：
田野间透明的泉眼，
拉结愉快的目光
和她那温顺的声音：
雅各啊，不是你吻过我吗，
还把我称为你的小黑鸽子？

1921年12月25日

别热茨克 ①

那里有洁白的教堂，喧响闪光的流冰，
那里盛开着爱子矢车菊一样的眼睛。
老城的上空是钻石般俄罗斯的夜晚，
和比椴树蜜还要金黄的，上天的一弯银镰。

那里有冷酷的暴风雪从对岸的原野上升腾，
那里的人们如同天使，为上帝的节日而欢庆，
他们收拾好了正房，又燃起神龛里的灯盏，
橡木桌子上安放着一册《圣经》。

那里有严峻的记忆，如今却变得如此微弱，
它深鞠一躬，为我开启了自己的阁楼；
但我没有走进去，砰然关上了那扇可怕的屋门；

---

① 别热茨克位于俄罗斯特维尔州的一个城市，诗人古米廖夫的故乡，二人结婚后，曾在此短期生活。后来，他们离婚，儿子列夫也跟自己的祖母生活在这里。

城市充满了圣诞节快乐的声音。

1921年12月26日

明亮的啤酒冒着气泡……

明亮的啤酒冒着气泡,
餐桌上的烤鹅香气飘飘……
充满节日气氛的罗斯①
在为皇帝和贵族的平安祈祷——

人们醉醺醺地高谈阔论,
时而破口大骂,时而说话俏皮:
那一位——开着刺激的玩笑,
这一位——流着醉后的眼泪。

借着狂欢,借着美酒
高声的谈笑在空中四处飘散……
这些聪明人拿定了主意:

---

① 罗斯,11—17世纪俄罗斯人的自称。也指俄罗斯统治的国家和疆域。

——一切都与我们——无关。

1921年12月,圣诞节
别热茨克

不要让尘世的快乐使心灵疲倦……

不要让尘世的快乐使心灵疲倦，
不要对妻子和家庭过于眷恋，
请从自己孩子的手中拿过面包，
把它赠予陌生人。

谁是你不共戴天的仇敌，
就去做他恭顺的仆从，
请把林中的野兽称为兄弟，
什么都不要祈求上帝。

1921 年 12 月

为何你不知所措地徘徊……

为何你不知所措地徘徊,
屏气凝神地观望?
想必你已然明白:两个人
紧紧地维系于一颗灵魂。
你会的,你会成为我的慰藉,
让我不再梦到别人,
而你欺侮我的狂怒话语——
开始痛苦地返还给你自身。

1921 年 12 月
彼得堡

在那栋房子里生活非常恐惧……

在那栋房子里生活非常恐惧,
无论是古朴的壁炉中的火光,
还是我们孩子的摇篮,
也无论我们二人当时是多么年轻
这里充满了阴谋,……
…………和成功①
在这全部的七年里
我不敢迈出我们的门槛一步,——
可恐惧感并没有因此减轻。
我反而学会了对它们进行嘲弄,
我会洒上几滴残酒,
或是放上一点点面包,留给那位
深夜里像狗一样挠蹭屋门,
或者向着我低矮的小窗偷窥的人,

---

① 此处省略号处为原诗散佚。

同时,我们尽量在夜间
不去看镜子里发生的一切,
在不知谁沉重的脚步下
黑暗的楼梯发出低声的呻吟,
像是在哀怨地乞求怜悯。
你异样地笑着,说道:
"他们正在把谁从楼梯上抬出去?"

如今,你在众人都知道的地方——请告诉我:
除了我们,这房子里还住过什么?

1921 年,皇村

1940 年(8 月 2 日)

那位天使,呵护了我三年……

那位天使,呵护了我三年,
已在光芒和火焰中升天,
而我耐心等待那个甜蜜的日子,
等待他重新回到我的身边。

面颊塌陷,双唇苍白,
人们都无法辨认我的容颜;
要知道我并非特别美丽,也并非
那位用歌声诱惑他的美女。

在尘世我早已无所畏惧,
记着那些离别时的话语。
当他走进来,我会向他屈膝膜拜,
而先前只是稍稍点头而已。

1921 年?
1922 年

诽谤

诽谤处处伴随着我。
睡梦中我也能听到它爬行的脚步声,
冷漠的天空下,死寂的城市中,
为了面包和栖身处,在街头侥幸地徘徊。
众人的眼睛里都闪烁着它的反光,
有时像是背叛,有时像无辜的恐惧。
我并不惧怕它。对它每一次新的挑战
我都会给予应有的、无情的还击。
但我已然预感到那不可避免的一天——
朋友们会迎着曙光向我走来,
用嚎啕的哭声惊扰我甜蜜的梦境,
把圣像放到我僵冷的胸脯上。
任何人都不知道它会乘虚而入,
在我的血液中,它贪婪的嘴巴
不知疲倦地数落那些虚构的委屈,
把自己的声音融入追荐死者的祈祷中。

众人都听清了它那可耻的呓语,
让邻居不能抬眼望见邻居,
让我的身体留存在虚空里,
让我的灵魂最后一次
燃烧尘世的虚弱,在黎明的雾气中飞翔,
对残留的大地燃起狂热的怜惜。

      1922年1月14日
    别热茨克——彼得堡。车厢中

骇人听闻的流言在城中游荡……

骇人听闻的流言在城中游荡，
好像窃贼，潜入一座座楼房。
莫非是那个关于《蓝胡子》①的童话？
我在入睡前曾经读到过。

当那第七位新娘登上楼梯，
呼唤着自己的妹妹，

---

① 《蓝胡子》是法国诗人夏尔·佩罗（Charles Perrault）创作的童话、同时也是故事男主角的名字。故事大意是：某个地方有个很有钱的男子，因为他有着蓝色的胡子，大家都叫他蓝胡子，并畏惧着他，他娶了很多妻子，可是大家最后都不知道他的妻子到底怎么了。有一天他向村子里的一位女孩求婚，那个女孩是村里有名的美女，她一眼就爱上了蓝胡子，因此不顾兄长们的反对嫁给了蓝胡子。蓝胡子对年轻妻子很好，两人过了一段恩爱的日子。某一天，蓝胡子跟妻子说他要外出，交给妻子一串钥匙，并交待她："你什么门都可以开，就只有最小的那扇门不能开，"之后就出门了。但是妻子在好奇心的驱使之下开了那扇门，没想到里面居然吊挂著蓝胡子前几任妻子的尸体，她吓了一跳，把钥匙掉到地上，沾到了鲜血，怎么样都弄不掉，最后被回来的蓝胡子发现。被妻子背叛的蓝胡子开始追杀妻子，但是在女孩兄长们的帮助下，蓝胡子反而被兄长们解决掉，女孩并继承了蓝胡子庞大的财产，从此过着快乐的生活。

当她屏住呼吸,等待着
亲爱的兄弟们或者可怕的信使……

尘埃像雪白的云团般飞腾,
兄弟们冲进城堡的院子里,
在她无辜而温柔的脖子上
再也不会有光滑的斧头抡起。

这个童话现在让我感到心安,
也许,这样我就可以平静地睡去。
可为什么我的心还在疯狂地震颤,
为什么我还不能安然入眠?

1922 年 1—2 月

他低声说:我甚至不惜……

他低声说:"我甚至不惜
用这样的方式爱你——
或者你完全属于我,
或者让我杀死你。"
这声音在我头上嗡嗡作响,像牛虻,
多少天来片刻不曾停息。
这般恶毒阴暗的嫉妒
是你最为贫乏的证据。
痛苦折磨着我,但不会让我窒息,
自由之风把泪水吹去,
只需快乐轻轻爱抚,
不幸的心灵会立刻变得安逸。

1922年2月

预言

我见过那顶黄金打造的桂冠……
请不要对它过于羡慕!
因为,它根本就配不上你的面孔,
本身便是偷来的赃物。
我的桂冠用弯曲的荆棘紧密编成
戴在你的头上闪闪发光。
没关系,它会用深红色的露珠
使你娇嫩的额头清新凉爽。

1922 年 5 月 8 日

诀别曲
——致瓦·安·谢戈廖娃 ①

请将耶和华的名所当得的荣耀
归还给他。
一名苦修教徒睡在教堂前的台阶上,
一颗星星凝视着他。
天使的翅膀把他稍稍抚慰,
那大钟发出的
不再是警醒和洪亮的声响,
而是永远的别离。
众人从修道院中走出来,
献出古老的法衣,
那些有灵者和圣徒,
都挂着拐杖。

---

① 瓦莲京娜·安德列耶夫娜·谢戈廖娃(1878—1931),话剧演员,阿赫玛托娃的好友,普希金学者与历史学家谢戈廖夫(1877—1931)的妻子。

六翼天使——飞向萨罗夫森林
去放牧乡村的畜群,
安娜——去往卡申,已不再统治公国,
而是去拔除多刺的亚麻。
圣母前来送行,
用一块头巾盖住儿子,
那头巾是一名年老的女乞丐
遗落在了上帝的台阶前。

1922年5月24日
彼得堡

最好让我大病一场,在高烧的呓语中……

最好让我大病一场,在高烧的呓语中
与所有的亲人再次相见,
在微风吹拂、阳光和煦的海滨公园
沿宽阔的林荫道漫步流连。

甚至那些死者和流放犯们
如今也同意到我的家中团聚。
请你牵着孩子的手,也领他来吧,
我思念他已经很久很久。

我要和亲爱的人们品尝蓝色的葡萄,
一起畅饮冰凉的美酒
还要一起观看,银白色的瀑布飞流而下
注入潮湿的乱石堆积的潭底。

1922 年春

那些抛弃了国土,任仇敌蹂躏的人……

那些抛弃了国土,任仇敌蹂躏的人,
我绝不会与他们为伍。
我不会去听他们粗俗的谄媚,
更不会为他们献上自己的歌声。

而我永远会怜悯流放的犯人,
无论他是囚徒,还是病夫。
流浪的人啊,你的道路黑暗苍茫,
异乡的面包又酸又苦。

在这里,大火的浓烟之中
我们虚度着残余的青春,
对自身的任何一次打击
我们都不曾回避。

但是我们知道,在未来的评判中,

每一时刻都将证明我们无罪；
在世上不流泪的人中间，
没有人比我们活得更高傲和纯粹。

1922 年 7 月
彼得堡

给众人

我——是你们的声音,是你们呼吸的热度,
我——是你们面孔的侧影。
这些多余的翅膀徒劳地扇动,——
反正我和你们要相伴终生。

恰是因此,你们才这般贪婪地
喜欢我陷于罪孽与虚弱,
恰是因此,你们才义无反顾地
把自己最好的儿子赠给了我,
恰是因此,你们对他的情况
甚至从来不闻不问,
还用那些乌烟瘴气的赞扬
塞满了我永远空空荡荡的家门。
还说什么——不能结合得过于亲密,
不能相爱到无法补救的境地……

就像影子想离开身体，
就像肉体想告别灵魂，
如今我是多么希望——被人忘记。

1922年9月14日

彼得堡

你好，彼得堡！
——为柳·尼·扎米亚京作①

你好，彼得堡②！糟透了，如此苍老，
四月都不能使你高兴。
火灾一场接着一场，
公社社员们怪里怪气，
这算什么房子——是通向泥潭的缝隙。
在千疮百孔的屋顶下，我们渐渐冻僵，
而地下室传出水流的低语：
"我们要抛弃墓穴，叫醒大家，
显然，马上轮到我们蓝色的波浪
来统治这个城市。"

1922年9月24日

---

① 柳·尼·扎米亚京：柳德米拉·尼古拉耶夫娜·扎米亚京（1883—1965），婚前姓乌索娃，俄罗斯著名作家叶甫盖尼·扎米亚京（1884—1937）的妻子。
② 彼得堡，在这里用的是 Питер 一词，直译为"皮特"，是俄罗斯人对彼得堡的爱称。

魔鬼没有出卖。一切我都办到了……

魔鬼没有出卖。一切我都办到了。
这就是强大的明显标志。
请从胸口掏出我的心,丢弃给
那只最饥饿的野狗。

我对什么都已经不再有用。
我一个词也不再说出。
没有现在——我为过去自豪
为这样的耻辱窒息而死。

1922 年 9 月

前所未有的秋天打造了高高的穹窿……

前所未有的秋天打造了高高的穹窿,
命令云朵不要让它变得阴暗。
人们惊讶不已:九月过去,
那些严寒、潮湿的日子跑到了哪里?
混浊的运河水变成了绿宝石,
荨麻散发玫瑰的芬芳,但比它还要浓郁。
那霞光的闷热难以忍受,像着了魔,鲜红欲滴,
我们到死都不会忘记。
而太阳,恰似闯入首都的暴乱者。
春天般的秋日贪婪地爱抚着它,
让人觉得——透明的雪花莲会马上绽放……
就是在此时,平静的你,走近了我的台阶。

1922 年 9 月

离别

这就是北海的岸边,
这就是我们苦难和荣誉的界线,——
我不明白,是出于幸福还是痛苦,
你哭泣着,偎依在我的腿前。

我不再需要那些必遭失败的人——
无论是俘虏,人质,还是奴隶,
只想和我坚强刚毅的爱人
一起分享面包和栖身之地。

1922 年秋

这里真美:簌簌风响,沙沙雪飞……

这里真美:簌簌风响,沙沙雪飞;
每个清晨都透出越来越浓的寒意,
一丛令人目眩的冰雪玫瑰
摇曳在洁白的火焰里。
而在那松软而华丽的雪原上
是滑雪板的痕迹,仿佛在回忆,
某个久远的年代,
你我二人曾并肩走过这里。

1922 年 12 月

新年叙事诗

一弯月亮,寂寞地隐在阴云里,
向房间投下暗淡的光线。
饭桌上摆放着六套餐具,
只有其中一套空着杯盘。

这是我的丈夫,我,还有朋友们
在一起迎接新年。
为何我的手指好像在滴血,
为何这葡萄酒灼人,如同毒液一般?

男主人举起斟满的酒杯,
他是那么庄重,而又平静:
"我为可爱的林中草地干杯,
我们大家都会躺在那里!"

而一位朋友,看了看我的脸,

天知道他回想起了些什么，
激情地说道："而我要为她的歌声干杯，
我们都生活在她的歌声里。"

但第三位，当他抛开尘世，
对一切还一无所知，
他用我的意念低声回答：
"我们应该为那个人干杯，
他还没来与我们团聚。"

1922年末

那个惩罚的黄昏多么公正……

那个惩罚的黄昏多么公正,
我却无论如何不能把它摆平。
但愿你彻底安静下来——
你本来就是我的仇敌和男人,

那位妨碍我祈祷的人,
他不想治好我的悲痛,
那个每天深夜扰乱你梦境的人,
却如此温顺,安宁。

是你对那些缺乏信心的人未加斥责
而是揭穿他们,并加以教育!
是你并未过分恳求
使自己摆脱所有污秽丑恶的东西!

"我自己也不清楚,到底发生了什么,

莫非我正在走向死亡?
瞧她在我面前像个孩子似的
胡言乱语,乱跑乱撞。

我从她的眼中啜饮了
晶莹的水滴——那是羞愧的泪水。"
是啊,因为这泪水,你的双手
永远变得虚弱无力。

1922 年

你怎么可以,刚强而自由的人啊……
——致弗·卡·希列伊科 ①

刚强而自由的人啊,你怎么可以
在柔情的双膝边就忘记,
毁灭和腐烂
在惩罚着我们的原罪。

你为何把创造奇迹日子的全部秘密
都给了她作为消遣,——
她会用自己野蛮的手
把你的荣誉毁灭。

感到羞愧吧,不要在世俗的妻子那里

---

① 弗拉基米尔·卡济米罗维奇·希列伊科(1891—1930),俄罗斯东方学者、诗人、翻译家,阿赫玛托娃的第二任丈夫。1918 年与阿赫玛托娃结婚,他们的婚姻维持了五年,直到 1922 年。但直到希列伊科去世,他们都保持了较好的关系,并时常书信往来。

恳求有助于创作的痛苦。
这样的人已经被流放到了修道院
或在高高的篝火上面烧死。

        1922 年

月亮静止在湖水的那边……

月亮静止在湖水的那边,
仿佛一扇打开的窗子
通向灯火通明而沉寂的房间,
那里或许发生了什么不幸事件。

是否运回了男主人的尸首,
是否女主人跟情夫私奔,
还是可爱的女孩走失了
人们在河湾找到了她的小鞋?

大地一片迷蒙。我们预感到了
那可怕的灾祸,立刻沉默无言。
猫头鹰安魂似地一声声哀叫,
令人窒息的大风在花园中奔窜。

1922 年

山雀歌唱得美妙……

山雀歌唱得美妙,
孔雀的尾巴鲜艳,
可是没有一种小鸟
比您可爱的"人面鸟"①讨人喜欢。

1922 年

---

① 人面鸟,在俄罗斯文化和神话中的神鸟,它长着鸟身,少女的头和手臂。据说听到它的鸣叫声能给人带来快乐。它与另一种神鸟西林经常一起出现,后者代表着痛苦。

犹滴 ①

帐篷里弥漫了午夜的黑暗,
她吹熄蜡烛,点燃了长明的灯盏。

何乐弗尼的眼睛如同灼热的火苗
犹滴的话语让它们熊熊燃烧。

——阁下,今天我将为你所有,
伸展四肢自在地躺下吧,请为我斟满了美酒。

---

① 犹滴(或译作朱迪斯、友第德等,Judith)是一位犹太民族的女性。《犹滴记》(The book of Judith)是罗马天主教和东正教《圣经·旧约》的一部分,实际上是一部历史小说。由于是用希腊文写出的,没有希伯来文的原本。马丁·路德在订正《圣经》时,将这篇文章删掉。《犹滴记》讲述了古代亚述帝国侵占以色列国时代犹太民族的女英雄犹滴断头杀死入侵外敌首领何乐弗尼的故事。书中没有年代,但从亚述侵占以色列的历史来推算,应该是公元前 600—700 年。犹滴是一位犹太寡妇,美丽机敏。亚述人侵占了耶路撒冷,直抵犹太的伯凤利亚城,男人们都畏缩无能,犹滴暗中决定要杀掉侵略者的将军何乐弗尼。犹滴利用自己的美色骗取了他的信任,带着自己最亲信的仆人,进出何乐弗尼的军营帐篷。在一次何乐弗尼畅饮醉酒后,犹滴将他的头颅砍下,吓退了亚述侵略军,拯救了以色列人。

如今你就是我的君王,
我将永远属于你,由你一人独享。

你为预感到来的柔情而迷醉……
为何我的面庞却苍白如死灰?

莫非我不是犹滴,以色列的女儿?
我就要死了,但我还能拯救我的人民。

染血的地毯上何乐弗尼睡梦沉沉。
请你放开我紧张而惊恐的灵魂。

对女人来说这柄长剑哪怕力所不及,
上帝也会帮助我杀死何乐弗尼

当他像个男孩,听从了我的谎言
抬起头时,我就把他沉重的头颅砍断,

当他说,他爱上了我时,
他还不知道,自己的死期已经来临。

晨光如同绿松石透进了帐篷。
那被砍掉的头颅上的眼睛还在苦苦求情：

——犹滴啊，要知道是我把你的手指引，
让你在这场力量悬殊的战斗中取胜。

永别啦，以色列英勇战斗的女儿，
你不该忘记何乐弗尼和这个夜晚。

1922 年

这一生让我深感无聊的……

这一生让我深感无聊的
是以自己的名义把别人拯救，
让我深感无聊的是叫喊着
施惠于陌生的朋友。

1923 年

罗得之妻①

> 罗得的妻子顾念索多玛,在后边回头一看,
> 她就变成了一根盐柱。
> ——《圣经·创世记》

信守教规的人跟随神的使者,

他高大而光明,沿漆黑的山岗逃生。

但是恐惧对妻子大声地说:

现在为时不晚,你还可以看一看

故乡索多玛的红色塔楼,

那唱过歌的广场,纺过纱的小院,

看一看高楼上空荡荡的窗口,

在那里你为亲爱的丈夫生下孩子。

---

① 据《圣经·创世记》记载,索多玛和蛾摩拉的罪恶甚重,声闻于耶和华,耶和华要派两位天使去毁灭这两城。耶和华将硫磺与火从天上降与索多玛与蛾摩拉,把那些城和全平原,并城里所有的居民,连地上生长的都毁灭了。一时平原全地烟气上腾,如同烧窑一般。罗得的妻子不听天使的警告,顾念索多玛,在后边回头一看,就变成了一根盐柱。

她蓦然回首,便被死亡的痛苦封冻,
她的眼睛再也不能顾盼流连;
她的身体化作透明的盐柱,
匆忙的双脚向着大地生了根。

谁会为这死去的女人而痛哭?
谁会认为她的死是不小的损失?
只有我的心永远都不会忘记
这个因为一次回眸而献出的生命。

1924 年 2 月 21 日

彼得堡,喀山斯卡亚大街,2 号

缪斯

当我在深夜等候她的来临,
生命,总觉得像悬于一发。
面对手持短笛的可爱客人,
什么荣誉、青春、自由,都不去管它。

是她走了进来。撩起面纱,
凝神注视着我的面颊。
我问她:"是你把地狱诗篇
口述给了但丁?""是我!"她回答。

1924年(3月)
彼得堡,喀山斯卡亚大街,2号

致画家

你的作品总让我如梦如幻,
你的画作都是那般美好天然:
菩提树披着黄金,永远都是在秋天,
你笔下的河水,今天是如此湛蓝。

想想看,只要轻轻闭上眼,
梦境就把我引进你的花园。
我在半梦半醒中寻觅你的足迹
在那里,我害怕每一个转弯。

我能否走进那修复的穹顶之下,
经过你的妙手,天空已经焕然一新,
以便冷却我的燥热?它实在令人厌倦。

在那里我会变得永远幸福,

我会重新获得流泪的本能,

而这,只需我轻轻阖上灼热的眼帘。

1924 年

我不会用你的名字亵渎双唇……

我不会用你的名字亵渎双唇。
任何作孽的思绪都不会造访我的梦境,
只是对你的思念,如同《圣经》中那丛灌木,
可怕的七年间都为我照亮旅程。

你就像一个过路人迷惑住了我,
你那么快乐,长着绿色的眼睛,
痴迷少女、骑马和游戏。
…………

七年就这样流逝而去。光荣的十月,
黄色的树叶般,抛下了人们的生命。
最后一艘轮船载上我的朋友
飞离了滚烫的祖国可怕的海岸。

1924 年(?)

忆谢尔盖·叶赛宁[①]

可以如此简单地抛弃这个生命，
让它无忧无虑毫不痛苦地燃烧殆尽，
但是不应该让俄罗斯诗人
以这种光辉的方式死去。
最恰当的是让铅弹给有翼的灵魂
打开天空的界线，
或是让嘶哑的恐惧用多毛的爪子
从内心，像从海绵里，挤压出生命。

1925年（2月25日）
（1925年12月28日之后）

[①] 谢尔盖·叶赛宁（1895—1925），俄罗斯田园派诗人。1925年12月26日写下绝笔诗，28日拂晓在列宁格勒的一家旅馆投缳自尽。

你会原谅我的一切……

你会原谅我的一切：
甚至会原谅，我不再年轻，
甚至会原谅，那与我名字相关的，
像宁静的火焰冒出腐臭的浓烟，
那永远融成一片的暗中诽谤。

1925 年 2 月 25 日

他们以镰刀和锤子宣誓……

他们以镰刀和锤子宣誓,
在你痛苦的死亡前面:
"我们会为背叛支付黄金,
而对歌声回报以子弹。"

1926 年 11 月

1925年

像不会痛哭的影子
我将于深夜在这里流连,
此刻,繁星的光芒
正抚弄着盛开的丁香。

1926年
舍列梅季耶夫斯基花园

啊,我是否知道,当缪斯一袭白衣……

啊,我是否知道,当缪斯一袭白衣
走进我狭小居所的房门,
我灵活的双手会去抚弄
那石头般僵硬了许久的竖琴。

啊,我是否知道,当爱情的最后一次暴雨
戏耍罢,飞逝而去,
我会紧闭起锐利的眼睛,为那最好的
小伙,痛哭流涕。

啊,我是否知道,当尝试了令人惊讶的风险,
我陶醉于成功的喜悦,
众人很快会用残酷无情的大笑
来回应临终前的祈祷。

1927 年 5 月 30 日　大理石宫

高加索之诗

普希金的流放从这里开始
莱蒙托夫的流放在这里结束。
山上的野草散发出淡淡的芬芳,
湖畔,法国梧桐的浓荫下,
在那个傍晚的残酷时刻——
只有一次我得以见到了
塔玛拉不朽的情人①
那双永远无法满足的目光。

1927年7月
基斯洛沃茨克

---

① 塔玛拉,指的是莱蒙托夫长诗《恶魔》中的女主人公塔玛拉。

十年又一年,你的女友……

十年又一年,你的女友
没有听到过暴风雨的歌唱。
十年又一年,有罪的双眼
没有看到过神圣的南方。

1927 年 7 月
基斯洛沃茨克

现在我该如何凝视这双眼睛……

现在我该如何凝视这双眼睛,
白昼的光线令人羞愧,无法容忍。
我该怎么办?——午夜的天使
直到黎明都在和我交谈。

1927 年 7 月
基斯洛沃茨克

请你原谅我,我自理能力太差……

请你原谅我,我自理能力太差,
自理能力太差,却活得很幸福,
我会给你在歌声中留下纪念,
不在梦中也会把你梦见。
请你原谅,众人对我还不了解,
请你原谅,永远与我的名字相伴的,
像刺激的浓烟伴随着快乐的火焰,
暗中的诽谤融成了一片。

1927 年 8 月 23 日

如果不安的月光缓慢移动……

如果不安的月光缓慢移动,
整个城市沉浸在剧毒的溶液中。
我没有一点点睡意,
透过绿色的烟雾,我看到的
不是我的童年,不是大海,
也不是飞舞求爱的蝴蝶
在开满了雪白的水仙花的垅岗上
在那个不可知的一九一六年……
我看到的是,你墓地上的柏树
永远凝固的环形之舞。

1928 年 10 月 1 日
列宁格勒

讽刺短诗

在这里绝美的女子们争执不休，
为了能够荣幸地嫁给刽子手。
在这里他们每晚拷问虔诚的信徒，
还用饥饿摧残那些不知疲倦的人。

1928 年

那座我从童年就热爱的城市……

那座我从童年就热爱的城市,
在它十二月的寂静里,
被我挥霍一空的遗产
如今展现在我的面前。

一切自己送到手中的,
献出去也是那样轻易:
心灵的热诚,祈祷的声音
以及第一首歌曲的赐予——

一切都如同透明的烟雾消散,
一切都在镜子的深处腐烂……
为了一去不复返的事物,

没鼻子的小提琴手①已奏起乐曲。

怀着一个异国女子的好奇心,
每一件新鲜的事物都使我痴迷,
我观赏着,雪橇飞快地驰骋,
聆听着亲切的母语。

幸福用它疯狂的清新和力量
吹拂着我的脸庞,
仿佛亲爱的朋友自古以来
就伴我一起踏进了这座门廊。

1929 年
皇村

---

① 没有鼻子的小提琴手,这里是指死神,在西方死神的形象通常是蒙面长袍的骷髅,手持一把大镰刀,而这里镰刀变成了小提琴。在阿赫玛托娃的《没有主人公的抒情诗》中,也曾出现"两个派遣来的没有鼻子的女子",也同样是指死神。

当然，我的快乐很少……

当然，我的快乐很少，
这是暴风骤雨给我的预兆，
然而我却意外知道了，
幸福长着什么样的眼睛……

1920 年代（？）

再次到夜晚的密林中去吧……

再次到夜晚的密林中去吧,
那里有流浪的夜莺在清啼,
它的歌声甜美,堪比草莓和蜂蜜,
甚至超过了我的醋意。

1920—1930 年代(?)

两行诗

别人对我的颂扬——恰似炉灰。
而你对我的诽谤——好比赞美。

1931年春

因为我们所有人……

……因为我们所有人
都沿着塔甘采夫①、叶赛宁
或是马雅可夫斯基的道路前行。

1932 年 12 月 25 日

---

① 弗·尼·塔甘采夫（1898—1921），俄罗斯地理学家、教授。1921 年因被指控反对苏维埃政权而被枪决。阿赫玛托娃的前夫古米廖夫也因这次的"塔甘采夫事件"被捕枪决。

不,和成群被驱赶的人沿着列宁之路……
——致奥·曼德里施塔姆①

不,我们不会和成群被驱赶的人沿着列宁之路
跟在克里姆林宫的向导后面
艰难行进,我们二人,罪孽深重。
我和你,毫无疑问,会沿着
塔甘采夫之路,叶赛宁之路
或者马雅可夫斯基的大路并肩前进……

1930 年代

---

① 奥西普·曼德里施塔姆(1891—1938),俄罗斯白银时代著名诗人、散文家、诗歌理论家。

最后的祝酒词

为了被拆毁的家园
为了我困厄的生活,
为了两个人的孤独,
也为了你,我要干了这杯酒,——
为了出卖我的双唇的谎言,
为了眼睛死亡的冰冷,
为了,世界的残酷与粗暴,
为了,上帝没来拯救。

1934年7月27日
舍列梅捷耶夫宫

野蜂蜜散发出自由的气息……

野蜂蜜散发自由的气息,
而灰尘——吐露阳光的芬芳,
少女之唇——有紫罗兰的馨香,
而黄金——没有任何滋味。
木樨草有清水的气息,
爱情倾吐苹果的芳香,
但我们永远明白,
血只散发血的味道……

那位罗马总督当着众人
在无知的贱民不祥的叫喊下
徒劳地清洗自己的双手;
还有那位苏格兰女王
在皇宫窒息的幽暗中
枉然地从自己细瘦的手掌上
擦拭去红色的斑点。

1934 年,列宁格勒

为什么你们往水里下毒……

为什么你们往水里下毒，
往我的面包里掺杂脏物？
为什么你们把最后的自由
变成了卖淫窟？
是因为对朋友们悲惨地死去
我没有嘲笑挖苦？
是因为我忠诚地留了下来，
不愿抛弃这片凄凉的国土？
随它去吧。不遭遇刽子手和断头台
这样的诗人世间稀无。
我们要披上忏悔的外衣，
我们要举起蜡烛，一路前行，放声痛哭。

1935 年

鲍里斯·帕斯捷尔纳克[①]

他,把自己比作马的眼睛,
斜睨着,观望着,注视着,分辨着,
看啊,冰雪消融,水洼已闪烁
熔化的钻石般的光芒。

浅紫色的雾霭中一切都在休憩:
后院,站台,木头,树叶,云朵。
火车头呼啸,西瓜皮破碎,
羞怯的手藏在细软的羊皮革里。

如同拍岸的波浪铮琮,轰鸣,摩擦,撞击,
突然间又陷于沉寂,这意味着,他
正小心地穿过针叶树林,

[①] 鲍里斯·帕斯捷尔纳克(1890—1960),俄罗斯著名诗人,作家。因长篇小说《日瓦戈医生》获得诺贝尔文学奖。他是阿赫玛托娃的好友,在阿氏窘困之时,曾多次帮助过她。

为了不去惊扰那片空地轻柔的梦境。

这就意味着,他在空瘪的稻穗里
清点着种籽,这就意味着,他
走近达里亚①该死的黑色的墓石,
又去参加了一些人的葬礼。

莫斯科的慵倦又一次熊熊燃起,
远方传来致命的铃铛声——
谁在离家两步远的地方迷路,
大雪埋腰,一切都将终了?

为此,他把烟雾比作拉奥孔②,
歌颂着墓地上生长的飞廉③,
为此,在回响着诗歌的崭新空间
他用新颖的声音把世界充满。——

---

① 达里亚:从高加索通往格鲁吉亚的一条峡谷。
② 拉奥孔:在希腊神话中,拉奥孔是当时阿波罗在特洛伊城的一个祭祀,他曾警告特洛伊人不要将木马引入城中。这触怒了希腊的保护神雅典娜。于是雅典娜派出了两条巨蛇先将正在祭坛祭祀的拉奥孔的两个儿子缠住,拉奥孔为救儿子也被雅典娜派来的蛇所咬死。最终,古老的特洛伊走向了毁灭。
③ 飞廉:二年生草本植物,生于山谷、田边或草地,海拔540—2300米。我国及欧洲、北非、中亚及西伯利亚都广有分布。

他被授予了某种永恒的童贞,
闪耀着慷慨和敏锐的亮光,
整个大地都成为了他的遗产,
他把这些与众人一起分享。

       1936 年 1 月 19 日
        列宁格勒

他是否会派天鹅来接我……

他是否会派天鹅来接我,
或是小船,或是黑色的木筏?——
在第十六个春天
他许诺,他会很快亲自来看我。
在第十六个春天
他说过,我要像鸟儿一样
穿过黑暗与死亡向着他的安宁降落,
我会把翅膀贴向他的肩膀。
他的眼睛还对我微笑
而如今,已是第十六个春天。
我该怎么办!午夜的天使
直到黎明都在和我交谈。①

1936年2月
莫斯科(阿尔多夫家附近的纳朔金斯基)

---

① 此诗最后两句与"现在我该如何凝视这双眼睛……"一诗相似。

沃罗涅日 ①

——致奥·曼德里施塔姆

整个城市站在冰天雪地里。

树木，墙壁，积雪都像蒙上一层玻璃。

我胆怯地从这水晶之上穿行。

带花纹的雪橇不自信地向前滑动。

而在沃罗涅日的彼得上空——是鸦群，

杨树，和阳光粉尘里的

冲刷过的，浑浊而淡绿的苍穹，

在这片雄壮而战无不胜的土地

山坡上还飘荡着库里科沃战役 ② 的气息。

---

① 沃罗涅日：位于俄罗斯西南部，顿河中游。距离俄罗斯首都莫斯科 587 公里。俄罗斯中央黑土区最大工业和文化中心，沃罗涅日州首府。曼德里施塔姆曾被斯大林流放到这里。
② 库里科沃战役：1380 年 9 月 8 日，在顿河上游的库里科沃原野发生了一场大血战，史称"库里科沃战役"。交战的一方是以金帐汗国马麦汗为首的蒙古军队，约 6 万之众；另一方是由莫斯科公国大公德米特里率领的东北罗斯军队，人数与对方相当。战争的结果是东北罗斯军损失折半，蒙古军几乎全军覆没。德米特里大公也因此获得"顿斯科伊"（顿河英雄）的尊称而流芳后世。

而那些白杨,像碰撞的酒杯,
蓦然在我们的头上有力地喧响,
仿佛结婚的盛宴,为了我们的快乐
千百位宾客一起举杯畅饮。

而遭受贬黜的诗人房间里
恐惧和缪斯在轮流值班。
黑夜潜行,
它不知道黎明。

1936 年 3 月 4 日

祈求

从监狱的大门中,
从呻吟的沼泽地里,
沿着人迹罕至的道路,
沿着尚未收割完的牧场,
穿过深夜的警戒线,
在复活节的钟声里走来,
你这不速之客啊,
虽不是未婚夫,——
也请你到我的家中享用晚餐。

1936 年 4 月 15 日
列宁格勒

但丁

> 我美丽的圣乔万尼
> ——但丁①

直到他死后也没有重返
自己古老的佛罗伦萨。
临别时,这个人甚至没回头看一眼,
为此,我要把这首歌献给他。
火把,深夜,最后一次拥抱,
大门外是命运疯狂的哀号。
他从地狱对它发出诅咒
到了天国也不能把它忘掉,——
但最终他也没有赤着脚,穿着忏悔衣,
手持点燃的蜡烛走过

---

① 原文为意大利语,选自但丁的诗集《神曲·地狱篇》。圣乔万尼,指佛罗伦萨的圣乔万尼洗礼堂,英语一般又作圣约翰。

自己深爱的、背信弃义、卑鄙下流、
而又望眼欲穿的佛罗伦萨……

      1936 年 8 月 17 日
        拉兹里夫

我对你隐藏了心灵……

我对你隐藏了心灵,
把它仿佛抛入了涅瓦河底……
我像一只驯服的、没有翅膀的小鸟
生活在你的家里。
只在夜深人静时听见咯吱声响。
那是什么——在陌生的朦胧中?
是舍列梅捷夫家的菩提树……
还是家神在相互召唤……
它小心翼翼地传过来,
恰似潺潺流动的水声,
宛如不幸的凶恶低语
灼热地贴近了我的耳朵——
它絮叨着,好像要彻夜不息地
在那里忙活什么:
"你希望享受安逸,

可你知道，你的安逸，它在哪里？"

1936 年 10 月 30 日

列宁格勒　深夜

一些人投来温柔的目光……

一些人投来温柔的目光，
另一些人饮酒直到天光大亮，
而整个夜晚，我都在跟自己
桀骜不驯的良心进行谈判。

我说："我承受着你沉重的
负担，你知道，度过了多少年。"
而对于良心不存在时间，
在尘世也没有它的空间。

又是谢肉节黑暗的夜晚，
不祥的公园，从容奔驰的马车，
还有充满幸福和快乐的爽风，
从高耸云天的峭壁上向我吹拂。

但那位平静的长着双角的见证者

站在我的上空……，啊！去那里，去那里，

沿着古老的波德卡普里佐维小道①，

那里有一群天鹅，一池死水。

1936年11月3日

---

① 波德卡普里佐维小道，是皇村中的一条小路，连接亚历山大和叶卡捷琳娜公园的一条岔路，中间穿过一道上面建有亭子的拱形门（为建筑师凯拉尔德设计）。

创作

常常如此:不知这是怎样的困倦;
钟表的滴答声不停地响在耳边;
静息下来的雷霆在远方轰鸣。
听着那些无法辨别的俘虏的声音
让我觉得好像是哀怨和呻吟,
一个神秘的圈子在逐渐缩小,
但在这低语和丁冬作响的深渊里
耸立起一个声音,把一切嘈杂战胜。
在它的周围寂静已不可救药,
甚至可以听到,森林中的小草在生长,
灾难背负着行囊沿大地潜行……
此刻我已然听到了那些话语
和轻盈的韵脚的信号铃声,
于是,我渐渐明白,
那些只不过是口述的诗行

落在雪白的笔记本上。

1936年11月5日
列宁格勒，喷泉楼

在铃兰盛开的五月……

……在铃兰盛开的五月
在我浴血的莫斯科
我将奉献出群星般的
光芒与荣耀。

1937 年 5 月
莫斯科

我知道,无法从原地挪动……

……………

我知道,由于维眼睑的沉重①
会让人无法从原地挪动。
啊,那该有多好,如果突然回到
不知怎样的十七世纪。

拿着芬芳的桦树枝
当圣灵降临节时在教堂站立,
和女贵族莫罗佐娃
一起畅饮甘甜的美陀克葡萄酒,

然后在黄昏乘坐雪橇
消失于落满牲口粪的雪地里……

---

① 维(Вий):东斯拉夫民间传说中的死神,他通常长着垂到地上的睫毛和眉毛,被他的目光注视后人就会死亡。著名俄国作家果戈理有一篇小说《维》,就是与之相关的题材。

疯狂的苏里科夫①啊,
他会为我画出怎样的最后路途?

1937 年

---

① 苏里科夫(1848~1916),俄国画家。巡回展览画派的代表之一。他的作品多取材于俄罗斯历史事件,代表作有《近卫军临刑的早晨》、《缅希科夫在别廖佐夫》、《女贵族莫罗佐娃》、《公主访问女修道院》、《克拉斯诺亚尔斯克暴动》等。

我被钉在黝黑的时代……[①]

我被钉在黝黑的时代
锁于冰冷的宫殿的贫困中。
但点点水滴不断在黑暗里
发出神秘而古老的呼唤。
我知道——由于维眼睑的沉重
会让人无法从原地挪动。
啊,那该有多好,如果突然回到
不知怎样的十七世纪。
拿着芬芳的桦树枝
当圣灵降临节时在教堂站立,
和女贵族莫罗佐娃
一起畅饮甘甜的美陀克葡萄酒,
然后在黄昏乘坐着雪橇

[①] 此诗与前一页的"我知道,无法从原地挪动……"应该为同一首诗,只是较完整,不分节,个别单词、标点稍有改动。请参考阅读。

消失于落满牲口粪的雪地里。
疯狂的苏里科夫啊,
他会为我画出怎样的最后路途……

1937年

一点点地理[①]

——致奥·曼德里施塔姆

不是那座因美丽而赢得桂冠的
欧洲的首都——
而是叶尼塞窒息的流放地,
是换乘到赤塔,
到伊希姆,到那干旱的伊尔吉兹,
到那光荣的阿克巴萨尔,
是押解至斯沃博德内劳改营,
在腐烂的木板床死尸的气味里,——
这个城市以它幽蓝的子夜
呈现给我,
它,被第一位诗人讴歌,
被我和你——两个罪孽沉重的人赞美。

1937 年

[①] 此诗是阿赫玛托娃献给好友、诗人曼德里施塔姆的,诗中提到了几处俄罗斯地名,都与后者被捕、流放相关。

玩这样的江湖小技……

玩这样的江湖小技,
坦率地说,
还不如让我等待
那来自总书记的铅豌豆。①

1937 年

---

① 铅豌豆,此处代指子弹。此诗四行,译时颇费周折,直译了几个版本,都不尽人意,于是采用了意译。1937 年,正是苏联大清洗时期,诗人写下这样的诗也便不难理解了。

仿亚美尼亚之诗

你梦见我是一头黑色的绵羊
小腿干瘦,软弱无力,
我走上前,咩咩叫着,步履蹒跚:
"国王,你晚饭吃得可香?
你把玩着宇宙,如同念珠,
我们用光明的意志护卫着真主……
我的小儿子可对你的口味
你的孩子们是否喜欢?"

1937 年(?)

纪念鲍里斯·皮利尼亚克①

所有这些只有你一人能识破……
当不眠的昏暗在周围沸腾,
那阳光般的,铃兰般的楔子
悄悄深入十二月之夜的黑暗。
我顺着小路去你那里。
你发出漠不关心的冷笑。
可是针叶树林和池塘间的芦苇
却报以某种奇怪的回声……
哦,如果我用这声音将逝者唤醒,
请原谅我,因为我无别选择:

---

① 鲍里斯·皮利尼亚克(1894~1938),俄罗斯著名作家。曾先后到过德国、英国、日本和中国。十月革命后从事文学创作,写作小说和散文。其中较出名的有长篇小说《荒年》,中篇小说《暴风雪》、《伊凡和玛丽雅》、《黑面包的故事》、《机器和狼》等。1929年在柏林出版的中篇小说《红木》因"歪曲苏维埃现实"而遭批判。1930年的长篇小说《伏尔加河流入里海》,对苏联生产题材小说的发展有积极的影响。1937年被逮捕,1938年被苏维埃最高法院以危害国家罪判处死刑。1956年恢复名誉。

我怀念你,如同怀念自己的亲人,
我羡慕那每一个正在哭泣的人,
羡慕在这可怕的时刻,
能为那些长眠谷底的死者落泪的人……
可我的泪已流尽,不能再涌出眼眶,
此刻的潮湿也不能滋润我的眼睛。

          1938年
          喷泉楼,夜

庆祝这最后的周年纪念吧……

庆祝这最后的周年纪念吧,
你可知道,今天丝毫不差,
恰如我们的第一个冬天——钻石般
又是一个大雪纷飞的夜晚。

热气从皇家马厩里蒸腾而出,
莫伊卡河①隐入一片昏暗,
月光好像故意变得微弱,
我们这是去哪里——我不明白。

在祖孙的墓地之间
枝叶零乱的花园让人迷失方向,
从监狱的梦呓里突然出现
送葬似的闪着寒光的灯笼。

----

① Мойка,莫伊卡河,穿过圣彼得堡的一条小河。

战地广场①隐在威严的冰山中,
天鹅溪②像是浮在水晶里……
谁的命运可与我的相比,
如果心中充满了快乐和恐惧。

仿佛一只奇妙的小鸟,低低絮语,
你的声音环绕在我的肩膀上。
白雪的微尘被突然的光线照暖
柔和地闪耀着银光。

1939 年 7 月 9—10 日

---

① 战地广场,圣彼得堡市中心的一个广场,音译为玛尔索沃·波列。
② 列宁格勒州的一条小河。

生活——像在户外……

生活——像在户外,
而死亡——像是回家。
沃尔科沃的田野,
麦秸金黄。

1939 年 11 月 30 日

我,被褫夺了火与水……

我,被褫夺了火与水,
被迫与唯一的儿子别离……
站在可耻的不幸的断头台上,
却像站在帝王的伞盖下……

1930 年代

就这样一直争论到……

就这样,这个狂怒好辩的人,
一直争论到了叶尼塞平原……
对于你们来说,他是流浪汉、朱安党人①、阴谋家,
而对于我——他是唯一的儿子。

1930 年代

---

① 《朱安党人》是巴尔扎克于 1829 年完成的长篇历史小说,是他用真名发表的第一部作品,迈出了现实主义创作的第一步。《朱安党人》描述 1800 年法国布列塔尼在保皇党煽动下发生的反对共和国政府的暴动。作者赋予英勇的共和国军人以应有的光彩,但也大大美化了朱安党首领孟多兰侯爵,表现出他当时对贵族的同情。

七千零三公里……

七千零三公里……
你不会再听见,母亲的呼唤,
在极地寒风严酷的哀号中,
苦难笼罩的窄小空间,
在那里,你变得孤僻,狂野,——亲爱的你,
你是最后的,也是第一,你——属于我们,
在我列宁格勒的坟墓之上
游荡着冷漠的春天……

1930 年代

回答

我可绝不是什么先知,
我的生活,恰似溪水般清亮。
我只是不愿意
在监狱钥匙的哗啦声中歌唱。

1930 年代

那被遗忘的……

啊！——那里是些岛屿，
微不足道的小事
　　　生长茂密

………………
………………
　………

那里有罪恶之果
不再驱赶人们
　　　紧贴墙壁

就连阿廖申卡·托尔斯泰①

---

① 阿廖申卡·托尔斯泰，阿廖申卡是俄语名字阿列克谢的爱称。俄罗斯近代史上有两位著名的阿列克谢·托尔斯泰。一位是阿列克谢·康斯坦丁诺维奇·托尔斯泰（1817—1875），伯爵，俄罗斯作家；另一位是阿列克谢·尼古拉耶维奇·托尔斯泰（1882/83—1945），苏俄作家、社会活动家、苏联科学院院士。无相关资料，不知具体指哪一位。写作《战争与和平》《复活》等巨著的是列夫·托尔斯泰。此诗创作背景不详，不知有何暗指，令人费解。

也不再把肥厚的油水
　　捞取

　　　　　　　　　　　1930年代

所有人都走了,谁也没回来……

所有人都走了,谁也没回来,
只有我最后一位朋友,忠诚爱的誓言,
为了看清这血染的整个天空,
只有你一个人回头。
该死的家,该死的事,
那首歌徒然唱得温柔,
面对自己可怕的命运
我都不敢抬起自己的眼睛。
他们玷污了圣洁的词汇,
他们践踏了神圣的语言,
因此在三七年我和助理护士们
擦拭着血迹斑斑的地板。
他们把我和唯一的儿子分离,
他们在囚室里把友人们审讯,
用无形的木板墙包围
严密地与自己的监视器协调一致。

因为我极端厌恶地诅咒过全世界，
他们把失语症作为对我的奖赏，
他们让我尝够了太多的侮辱，
他们让我喝下了太多的毒药
而且把我流放到天涯海角，
不知为何留在那遥远的地方。
我觉得城市里的疯子真好，
能在临死前的广场上游荡。

1930 年代

1960 年

书上题词

> 他给予了什么——那便是你的。
> ——绍塔·鲁斯塔维里 ①

从怎样的废墟下我说着话,
从怎样的塌方下我发出呼喊,
在散发恶臭的地窖拱门下
我像在生石灰中被点燃。

就让人们命名这沉寂无声的冬天,
永远地关闭大门。
但是人们依然会听见我的声音。
而且对它依然会信任。

1930 年代

---

① 绍塔·鲁斯塔维里(Shota Rustaveli)是 12 世纪格鲁吉亚社会活动家、诗人,对格鲁吉亚古典文学的贡献堪称最大。他的著作《虎皮武士》(*Vepkhistqaosani*)是格鲁吉亚的国家史诗。

祝福新的一年！祝福新的悲哀！

祝福新的一年！祝福新的悲哀！
你看他舞蹈着，这顽皮的家伙，
在烟雾弥漫的波罗的海上空，
罗圈腿，驼着背，蛮横无理。
他为那刑讯室放过的人
抽取了一根什么签？

他们走到旷野上死去。
照耀他们吧，空中的星辰！
他们已看不到世上的粮食
和爱人的眼睛。

1940 年 1 月 13 日

柳树

> 还有那树上的枯枝……
>
> ——普希金①

我生长在花纹的寂静中，
在年轻的世纪，清冷的儿童室里。
我不觉得人声可爱，
我却听得懂风声。
我爱上了牛蒡和荨麻，
但最爱一株银色的垂柳。
它知道感恩，陪伴我
度过了一生，用它那垂下的枝条
为我失眠的夜晚洒满梦境。
哦，真是奇怪！——我竟比它活得长久。
在我们那片依然如故的天空下，

---

① 所引诗句出自普希金《皇村》一诗。

原地只剩下树桩暴露，另外几株
用陌生的声音述说着什么。
我默默无语……如同死了一个弟兄。

1940 年 1 月 18 日
列宁格勒

记忆的地下室

> 哦,记忆的棺材。
> ——赫列勃尼科夫 [1]

那纯粹是胡说,说我活得不快乐,
说我正遭受着回忆的折磨。
我并不常去记忆家做客,
可它却总是迷惑我。
当我提着灯走入地下室,
我感觉——低沉的塌方声
正沿着狭窄的楼梯轰响。
灯笼冒出烟缕,我不能返回了,
我知道,我正向着敌人走去。
我请求宽恕……但是那里

---

[1] 赫列勃尼科夫(1885—1922),俄罗斯诗人。俄国未来派诗歌主要发起人之一,也是该流派的理论家之一。

漆黑而岑寂。我的节日已然结束！
啊三十年，人们是如何送别那些女子。
那个顽皮的人也因年老而死去……
我来迟了。真是不幸！
我好像已无路可走。
但我触摸着绘画的墙壁，
依靠着火炉取暖。这简直是奇迹！
透过这些霉斑，透过油烟和腐烂，
两枚绿宝石在闪闪发光。
一只猫喵喵叫唤。哦，我们回家吧！
可哪里是我的家，理智又在哪里？

1940 年 1 月 18 日

我不需要什么颂歌的队伍……

我不需要什么颂歌的队伍,
也不需要挽诗的风格魅力。
依我看,诗里面一切都应不合时宜,
不能像所有人,千篇一律。

如果你们知道,从微尘里
都能生长出诗句,而不会感到羞耻多好,
就像栅栏旁一朵金黄的蒲公英,
就像牛蒡和滨藜。

愤怒的呼喊,焦油新鲜的气息,
墙壁上神秘的霉菌……
这是诗句发出的声音,充满激情和温柔,
给你们带去快乐,让我痛苦不已。

1940 年 1 月 21 日

人一旦死去……

人一旦死去，
他的遗像也会改变模样。
看人的眼神有所不同，
唇边的微笑也有些异样。
从一位诗人的葬礼归来，
我发现了这个现象。
从此后，我便时常验证，
结果都证实了我的猜想。

1940 年 1 月 21 日—3 月 7 日
列宁格勒

克娄巴特拉 ①

> 甜蜜的阴影覆盖了
> 亚历山大城的宫殿
>
> ——普希金 ②

她亲吻了安东尼 ③ 枯死的双唇,
俯在奥古斯都 ④ 的膝上流过了眼泪……
而仆人们背叛了她。在罗马鹰隼的国徽下
胜利的号角轰然吹响,黄昏的烟尘渐渐弥漫。
此刻,被她美貌俘获的最后一个人走了进来,

---

① 克娄巴特拉(前69—前30年),又译作"克利奥帕特拉",是埃及托勒密王朝末代女王,亦被称为"埃及艳后"。她是埃及国王与托勒密十二世和克娄巴特拉五世的女儿,以美色著称。
② 此句引自普希金的同名诗《克娄巴特拉》。
③ 马克·安东尼(约前83年—前30年)是古罗马政治家和军事家。他是恺撒最重要的军队指挥官和管理人员之一。恺撒被刺后,他与屋大维和雷必达一起组成了后三头同盟。前33年后三头同盟分裂,前30年马克·安东尼与埃及女王克娄巴特拉七世一同自杀身亡。
④ 奥古斯都,即屋大维(前63年—14年),被尊称为"奥古斯都"(Augustus),是罗马帝国的开国君主,统治罗马长达43年。

身姿挺拔,体态匀称,他慌乱地悄声说:
"你将被作为女奴……在凯旋时被流放异乡……"
但她天鹅般的脖颈仍然平静地低垂。

明天孩子们将被戴上镣铐。哦,尘世间
她需要做的事多么少——哪怕再与男人开句玩笑
把那条黑色的毒蛇,如同临别时的怜惜,
用冷漠的手放到淡褐色的胸脯上。

> 1940年2月7日
> 列宁格勒,喷泉楼

马雅可夫斯基在1913年

在你声誉日隆时,我没有见过你,
只记得你暴风雨般的黎明,
然而,也许我今天有权
回忆起那久远年代里的一天。
你的诗句爆发出有力的声音,
崭新的旋律不断涌现……
不知道疲倦的年轻手臂,
搭建起令人生畏的脚手架。
你所触及的一切事物,仿佛
都不再是先前的模样,
那些你要摧毁的——全部崩溃了,
判决在每一个词语中轰鸣。
你孤身一人,时常愤愤不平,
急切地催促着命运,
你知道,很快你就会快乐满足地
投入到自己伟大的战斗中。

当你为我们朗诵时,已经可以听见
浪涛澎湃的回声,
雨水愤怒地斜视着自己的眼睛,
你与城市展开了激烈的论争。
一个从未听说过的名字
像闪电射入沉闷的大厅,
如今举国上下都珍爱着它,
如同吹响进军的号角,嘹亮动听。

1940年3月3日

忧郁的心情就这样飞逝而去……

忧郁的心情就这样飞逝而去……
——你不必聆听,我说的都是胡言乱语。

你不期而至,偶然出现——
本来你与任何约定日期都没有关系,

如今请和我多待上一些时间,
你记得吗,我们曾一起到过波兰?

那是在华沙的第一个清晨……你是谁?
是第二还是第三个? ——"第一百位!"

——嗓音仍是这般,一如先前。
——你可知道,多年来我一直把你企盼,

盼你回到我的身边,我不快乐,你看。
在尘世我一无所求,

既不需要荷马的雷霆,也不需要但丁的歌女。
很快我就要起身去那幸福的河岸:

特洛伊还没有陷落,艾阿巴尼还活着①,
一切都隐没在芬芳的云雾里。

我愿在那绿色的柳树下打个盹儿,
而这个声音无法使我安宁。

那是什么?——是从山上归来的牧群?
只不过凉爽的风还没吹到脸上。

或许是神甫走来,手中捧着圣餐?
此刻满天繁星,黑夜笼罩了群山……

还是召集人民去开市民大会?——
"不,这是你最后一个夜晚!"

1940 年 3 月 11—20 日
1940 年(11 月 7 日)

---

① 艾阿巴尼,现译作恩奇都,苏美尔人史诗《吉尔伽美什》中的英雄。阿赫玛托娃的第一位丈夫古米廖夫曾将其译为俄语。

我哄睡了鬈发的小儿……

我哄睡了鬈发的小儿,
就去湖边打水,
我唱着歌,心情快乐,
水打满了,我侧耳聆听:
我听到了那熟悉的声音,
那是从湛蓝的水波下
传来的教堂的钟声,
在我们的基捷日城堡①也曾这样鸣响。
那些大声在叶戈里耶回荡,
那些小声来自报喜教堂,
它们用威严的声音说道:
你自己一个人躲过了攻击,
你没有听到我们的呻吟,

---

① 基捷日城堡,俄罗斯传说中位于下诺夫戈罗德地区北部的一座古城,相传在鞑靼人入侵时,因为没入水下而躲过灾难。

没有看到我们痛苦的死亡，
但在上帝的圣座边
那永不熄灭的蜡烛为你燃亮。
究竟为何你在此地耽搁
不急着戴上自己的花冠？
你的百合在晚祷时盛开了，
垂地的婚纱也已经织成。
你究竟为什么让战士兄弟，
年轻纯洁的修女姐妹，
和自己的孩子伤心？……
当我听到那最后一句话，
我的眼前突然漆黑一片，
我回头张望，看见房子大火冲天。

1940年3月13—14日，夜

迟到的回答

> 我养尊处优的可人儿,我的小女巫……
> ——玛·茨维塔耶娃 ①

隐身人,双生子,模仿鸟②,
你为何潜藏于黑色的灌木丛中,
时而躲进多孔的椋鸟笼里,
时而闪现在死者的十字架上,
时而从玛林基纳塔楼③里发出喊声:
"今天我回到了家里。
欣赏一下吧,这片可爱的耕地,
他们究竟对我干了些什么。

---

① 玛丽娜·茨维塔耶娃(1892—1941),俄罗斯白银时代著名女诗人,阿赫玛托娃的好友。此诗句是她于1921年12月9日献给阿赫玛托娃的一首诗中的最后一句。此首诗应该是阿赫玛托娃在19年之后给以的答复。
② 模仿鸟,学名叫"嘲鸫",因为善于模仿别的鸟的叫声,所以俗称模仿鸟。
③ 玛林基纳塔楼,建于1526—1531年,是莫斯科州科洛姆纳城保存至今的七座塔楼之一。

一道深渊吞没了亲人们，
父母的房子被摧毁殆尽。"
……………

今天，我和你一起，玛丽娜，
漫步在午夜的首都，
我们身后是千百万这样的人们，
没有比这再庄严的默默的行进，
我们周围是送葬的钟声，
和掩埋了我们足迹的，
莫斯科暴风雪的怪异的呻吟。

1940 年 3 月 16 日
喷泉楼

这就是我给你的,以替代墓地上的玫瑰……

——纪念米·阿·布尔加科夫[1]

这就是我给你的,以替代墓地上的玫瑰,
替代那香炉中的香火;
你如此艰难地活过,并最终将伟大的蔑视
带给这个世界。
你喝啤酒,和众人一样开着玩笑,
在窒闷的围墙内喘息,
把那位奇怪的客人亲手放了进来,
并与他形影相吊。
你没了,对这哀痛和崇高的生命,
四周鸦雀无声,

---

[1] 米哈伊尔·阿法纳西耶维奇·布尔加科夫(1891—1940)是20世纪上半叶的一位俄罗斯小说家、剧作家。一生命运多舛,代表作为《大师与玛格丽特》。1940年,布尔加科夫因家族遗传的肾病而去世。在去世前10年内创作的作品,大多未能发表。1966年,《大师与玛格丽特》的洁版(12%被删去,更多的地方被改动)才第一次出版,完全版本直到1973年才出版。

唯有我的声音，像一支短笛，
在你寂静的追思会上响起。
哦，谁敢相信，我发疯了，
我，变成了为死者哭灵的人，
我，在这一丛文火上慢慢燃烧。
那些错失的人，那些被遗忘的人，
有一天势必会被想起，那些人充满力量，
有着光明的思想，和意志。
仿佛昨天你还和我这样说过，
掩饰着自己临死前痛苦的战栗。

1940 年 3 月

列宁格勒

喷泉楼

关于纳尔布特的诗歌[①]

——尼·哈尔吉耶夫[②]

诗歌——是失眠的残渣,

诗歌——是弯烛的遗泪,

诗歌——是千百个雪白的钟楼

清晨的第一次轰鸣……

诗歌——是温暖的窗台

沐浴着切尔尼戈夫[③]的月光,

它是蜜蜂,是草木樨,

它是尘埃,是黑暗,是激情。

1940年4月

莫斯科

[①] 纳尔布特:即弗拉基米尔·纳尔布特(1888—1938),俄罗斯白银时代诗人和文学活动家,曾参加"诗人车间",1937年被捕,死于古拉格。
[②] 尼·哈尔吉耶夫(1903—1996),俄罗斯作家、新文艺史学家、文献学者、收藏家。
[③] 切尔尼戈夫,乌克兰北部城市,州首府所在地,位于第聂伯河中游左岸支流杰斯纳河畔。

诗篇

火枪兵①的月亮。莫斯科河畔。夜晚。
复活节前的一周像宗教游行般缓缓前行。
我做着一个噩梦。难道真的
没有人,没有人,没有人可以帮助我?

在克里姆林宫不能生活,军团人②是对的。
在这里古老的兽行的病菌仍在蠕动:

---

① 沙皇阿列克谢死后,围绕王位继承问题产生重大分歧。一派贵族认为应该立长子伊凡,但伊凡体弱多病,头脑愚笨;另一派想立彼得,但彼得的母亲是沙皇的第二个妻子。后杜马宣布立彼得为沙皇,遭到拥护伊凡的贵族的反对,于1689年8月发动了火枪兵兵变。彼得调集军队残酷镇压,将近4000名火枪兵近半处死和流放。
② 军团人,是指彼得一世于1687年在位于莫斯科郊区普列奥布拉任斯科耶组成的少年军团,在外国军官的指挥下经常进行战术训练。

鲍里斯剧烈的恐惧,所有伊凡的愤恨①,
以及冒称为王者的傲慢替代了人民的权力。

1940年4月

莫斯科

---

① 鲍里斯,这里是指鲍里斯·戈杜诺夫。伊凡雷帝死后,继位的费奥多尔体弱多病,国家大权由戈杜诺夫掌管。几年后,伊凡雷帝的另一子德米特里被杀,民间传说是戈杜诺夫所为。不久,他自立为沙皇,但遭到贵族们的反对。所有的伊凡是指俄罗斯历史上众多以伊凡为名的沙皇:伊凡一世在14世纪奠定了莫斯科的政治和经济基础;伊凡二世继承了统一俄罗斯的大业;伊凡三世获得了全俄罗斯大公的尊号;伊凡四世即伊凡雷帝,残暴异常,因于与长口角,用铁杖打死了他;伊凡五世即彼得一世的哥哥;伊凡六世即彼得一世的外曾孙,后被近卫军推翻,死于狱中。

节选自组诗《青春》

我年轻的双手
签署了那份协议
在那些鲜花亭子
和留声机的杂音之间,
在煤气灯醉醺醺的斜视的
目光之下。
我比这个世纪
整整大了十年。

稠李树白色的葬礼
已在黄昏时分举行,
它们纷纷扬扬洒落着细小的
芬芳干爽的花瓣雨……
那些云朵里渗透了
对马海峡鲜血的泡沫,
轻快的四轮马车托运着

今天的那些牺牲者……

而我们却以为当时的那个夜晚
好像一场化装舞会,
好像一次节日狂欢,
好像一幕豪华隆重的神奇场景 ①……

从那幢房子——没费一点木屑,
开辟出了那条林荫道,
而那些帽子和鞋后跟儿
早已长眠于博物馆。
谁知道,在塔楼坍塌的地方,
天空是多么空旷,
谁知道,儿子一去不复返的家中,
是多么寂寥。

恰如良心和空气,你和我
在一起,片刻都不分离,
为什么你非得让我作出回答?
我熟悉你那些证人:

---

① 此处原文为法语 grand-gala。

时而是巴甫洛夫斯基车站
那被音乐烧红的尖顶
时而是巴博洛夫斯基宫殿旁
那喷吐着白色泡沫的瀑布。

1940 年 5 月 3 日
1940 年 9 月 29 日

你看,与死神直视的眼睛……

> 花园中的树木在投票。
> ——尼·扎 ①

你看,与死神直视的眼睛

相违背,——

再一次,按你所说,

我投了"赞成"票:

以使门成为门,

锁成为锁,

以使胸腔中那头阴郁的野兽

成为心脏……而事实上,

我们都注定会知道,

什么是两年多不能入睡,

---

① 尼·扎博洛茨基(1903—1958),俄罗斯诗人。

什么是在凌晨才听到,

谁在深夜死去。

1940年5月20日

书上题词
——致米·洛津斯基

正当世界崩溃之时,
几乎是从高飞的阴影中,
作为对您美好馈赠的回报,
请接受我这份春天的礼物。
让心灵崇高的自由
在一年四季的交替中,
牢不可破,忠贞不渝,
见证我们的友谊,——
还要温柔地冲我微笑,
一如三十年前那样……
无论是夏宫花园的围栏,
还是白雪覆盖的列宁格勒,
仿佛从魔镜的烟雾中
都会在这本书里显现。
而在那条沉思的忘川之上

复活的芦苇重又沙沙作响。

> 1940年5月28—29日
> 列宁格勒
> 喷泉楼

扎恰奇耶夫斯基第三胡同

一条胡同,接着一条胡同……
像用绞索紧紧扼住我的喉咙。

莫斯科河上吹来清新的风,
窗子里闪烁着点点的明灯。

微弱的灯笼熄灭了——
从钟楼里走来了敲钟人……

左手边——是荒凉的空地,
右手边——是一座修道院。

而对面——这棵高大的槭树,
红色的霞光把它染得一片血红,

而对面,这棵高大的槭树

在深夜聆听着漫长的哀怨声。

如果我能找到那样的方式多好,
因为我的期限已经临近,

最好让我重新蒙上黑色的头巾,
最好让我喝上一口涅瓦河的流水。

1940 年 8 月 2 日

1940年8月

> 那是你的城市,尤里安!
> ——维亚切斯拉夫·伊万诺夫①

当众人埋葬时代的时候,
墓地上的赞美诗不会响起,
只需用荨麻和飞廉
把她来修饰。
只有掘墓人不怀好意地
在忙活。事不宜迟!
寂静啊,上帝,如此寂静,
仿佛听得清时间在前行。
随后她突然出现,
像浮在春日河流上的死尸,——

---

① 维亚切斯拉夫·伊万诺夫(1866—1949),俄罗斯哲学家,古典派学者,俄国象征主义运动主要诗人。

但儿子认不出母亲，
孙子也在忧愁中扭过脸去。
众人的头垂得更低，
月亮像一面钟摆，来回晃动。

看吧，在沦陷的巴黎上空
如今是这般的寂静。

1940年8月5日

列宁格勒

阴影

> 一个女人对死亡的时刻知道些什么
> ——奥·曼德里施塔姆

你总比别人打扮得漂亮,面颊绯红,亭亭玉立,
为何你从死寂年代的底层浮上心头,
凶猛的回忆在我的面前摇摆,
你透明的侧影在四轮马车的镜子中显现?
当年人们是怎样打赌啊——你是天使还是小鸟!
诗人把你称作莎乐美①。
透过那河水般眼睛的黑色睫毛
柔和的眼神儿顾盼流连,平等看着所有人。

---

① 莎乐美,一般认为是《圣经》中的古巴比伦国王希律王和其兄弟腓力的妻子所生的女儿。据记载,她帮助她的母亲杀死了施洗者约翰。她的美无与伦比,巴比伦国王愿意用半壁江山,换莎乐美一舞。本诗可能是献给露·安德烈亚斯·莎乐美(1861—1937)的,她是"俄罗斯流亡贵族的掌上明珠;怀疑上帝的叛逆;才华横溢的作家;特立独行的女权主义者;不守妇道的出墙红杏;为尼采所深爱;受弗洛伊德赏识;与里尔克同居同游。露·安德烈亚斯·莎乐美——一位征服天才的女性"。

哦，阴影！请原谅我，而明朗的天气，
福楼拜，失眠，和晚开的丁香，
都让我想起你——1913年的美人儿——
让人想起你无忧无虑而淡漠的日子……
而对于像我这样出身的人
不配这样的回忆。哦，阴影！

1940年8月9日，夜

一位女邻居出于怜悯……

一位女邻居出于怜悯——送过两个街区,
老太太们,依照惯例,把我送到大门前,
而那一位,我曾经牵过手的人,
和我一起走到了坟坑的边缘。
在这松软的,黑色的,祖国的土地上
尘世间又剩下我孑然一身,
我的声音,高声询问着,
但是如同先前,没有得到回音。

1940 年 8 月 15 日

经过史

> 如今我没生活在那里……
> ——普希金

陀思妥耶夫斯基的俄罗斯。月亮
几乎遮蔽了钟楼的四分之一。
营业中的小酒馆,奔驰的四轮轻便马车,
在格罗霍瓦,兹纳缅尼耶旁,斯莫尔尼宫下
五层的楼房冒了出来。
到处是舞蹈班,牌匾更换了,
并排着的是:"亨丽艾特","巴西勒","安德烈"
还有豪华的墓地:老舒米洛夫。
但是,顺便说一下,城市变化不大。
不只是我,就连别人
也发现了,它此时展现的
还是古老的石印画中的模样,
不算一流,但足够体面,

让人觉得仿佛是在七十年代。

尤其是冬天,黎明之前

或是黄昏时分——城门后面

坚硬笔直的铸造厂变得幽暗,

它还不被现代派认为可耻,

在我的对面生活着——涅克拉索夫

和萨尔蒂科夫①……两位都悬挂在

纪念牌上。啊,多么可怕,

如果他们看到这牌子!我常常从那里走过。

而在古老的罗斯有那么多华丽的运河,

小花园中是有些破败的亭子,

窗子玻璃那么黑,如同冰窟窿,

让人以为,里面发生了什么事情,

最好不要窥探,我们马上走开。

不是与每个地方都能说通,

让它说出自己的秘密

(而我再也没去过奥普季纳修道院②……)

---

① 尼古拉·涅克拉索夫(1821—1877),俄国诗人。萨尔蒂科夫·谢德林(1826~1889),俄国现实主义作家。
② 奥普季纳修道院,是俄罗斯有名的一座修道院,据说是一个改恶从善的强盗所修。俄国作家果戈理、托尔斯泰、陀思妥耶夫斯基、哲学家索罗维约夫都访问过这座修道院,有些作家在此住过并埋葬于此。

短裙子窸窣作响，方格子厚毛围巾，

镜子的核桃木框，

卡列宁娜令人惊讶的美貌，

狭窄的走廊里那些壁纸，

我们在童年就曾欣赏过，

在昏黄的煤油灯下，

同样的常春藤爬在圈椅上……

各阶层的人们，都显得匆匆忙忙……

祖父和父亲们都不懂。土地

都抵押出去了。在巴登①——盛行轮盘赌。

那个眼神明亮的女士

（看到那双眼睛，那样的蔚蓝

不由人不想起大海），

她的名字独特，手臂白皙，

她如此善良，仿佛我从她那里

得到了这样的遗产，——

我严酷生活的多余馈赠……

---

① 巴登，德国著名的度假地。德语里"巴登"是沐浴或游泳。现在仍是著名度假、旅游、休闲之地。

祖国在发冷,而鄂木斯克的苦役犯①
明白了一切,在所有事物上打上十字。
现在他把一切混杂在一起,
亲手处理这原生的混乱,
如同某种精神,升向高空。子夜发出轰鸣。
笔尖吱吱作响,许多纸页
散发着谢苗诺夫斯基操场的气味。

就这样,我们忽然想起要降生人世,
分毫不差地计算好了时间,
告别虚无,希望在非同寻常的视野里
什么都不会错过。

1940年9月3日—1943年10月
列宁格勒

---

① 此处指陀思妥耶夫斯基,他曾被流放鄂木斯克,在此创作《死屋手记》。鄂木斯克,俄罗斯西伯利亚城市,译者曾在此工作和生活五年。

致伦敦人

时代以冷静的手笔书写着
莎士比亚的第二十四部戏剧。
我们亲自参加了这场鼠疫暴发时的盛宴,
远胜于哈姆雷特、恺撒、李尔王,
我们将站在铅色的河流上朗诵;
最好今天就唱着圣歌,举着火把,
把亲爱的朱丽叶送进坟墓,
最好望一眼窗内的麦克白,
同这个雇佣的杀手一起颤抖,——
但愿不是这一幕,不是这一幕,不是这一幕,
这一幕我们实在已经无力朗读。

1940年8月(?)—9月29日

但是我警告你们……

但是我警告你们,
这是我最后一次活着。
不像燕子,不像槭树,
不像芦苇也不像星辰,
不是泉水,
也不是钟声——
我不再用未得到满足的哀怨声
去折磨他人,
也不再去窥探别人的梦境。

1940年11月7日

不是几周,也不是数月……

不是几周,也不是数月——而是
一别多年。终于迎来了
真正自由的寒冷
和鬓角之上灰白的桂冠。
从此再没有变节,再没有背叛,
你也不用彻夜倾听,
我那些无比正确的证据
溪水般流个不停。

1940年11月7日
1941年

一个人径直而行……

一个人径直而行,
另一位绕圈而走,
他等着回到父亲的房子,
等着先前的女友。
而我走着——不幸尾随身后,
我不直走,也不斜行,
什么地方也不去,也不在任何时候,
就像一列火车冲下陡坡。

1940 年

我可真的不了解失眠……

我可真的不了解失眠
它的全部深渊和小径,
但它仿佛狂野的小号吹奏下
骑兵沉重的脚步声。
我走进阒寂无人的房子,
不久前还有人在此安居。
万籁无声,唯有白色的影子
在陌生的镜子里浮动。
而那烟雾之中是什么——丹麦,
诺曼底,还是
我先前去过的地方,
或许这是——那些永远
被忘却的时光重现?

1940 年

诗集《车前草》上的题词

根本不是那位神秘的画家①，
充斥霍夫曼②的梦境，——
那个遥远而陌生的春天，
一株安静的车前草令我无比惊奇。

它四处生长，染绿了城市，
装饰了宽阔的台阶，
普绪刻③举着自由赞歌的火把，
返回了我的祭坛。

---

① 据有关资料，有专家指出，这里的神秘画家是指雅克·卡洛（Jacques Callot, 1592？—1635年），一位法国铜版画家。他发明了新蚀刻技术，并创作了大量版画，细致地刻画了宫廷生活、军事战役和都市生活场景。代表作品有《因普鲁内塔集市》和《布雷达围攻》，《战争的苦难》系列铜版画是公认的杰作。
② E. T. A. 霍夫曼（1776—1822），德国短篇故事作者及小说家，其杰出的著作具有怪异的风格，为德国浪漫主义代表人物。
③ 普绪刻，希腊神话中人的灵魂的化身。

第四个院落的深处
孩子们在树下翩翩跳舞
为一条腿的手摇风琴欣喜不已,

生活敲响了所有的钟……
狂热的血液引领我走向你,
它像被众人审判的,唯一的道路。

1941年1月18日

列宁格勒

我正在做的事,每个人都能做……

> 麻风病人在祈祷……
> ——瓦·勃留索夫

我正在做的事,每个人都能做。
我没溺死在冰河里,也没因渴望痛苦至极

我没有和几位勇士拿下芬兰的永备发射点,
也没有在暴风骤雨中拯救过一艘轮船。

躺下睡觉,起床,吃下寒酸的午餐
在路边的长椅上坐一坐,

甚至,会偶然遇见滑落的流星
或者一排熟悉的灰色云朵,

要突然对它们微笑,想必会非常困难。

况且我正惊讶于自己神奇的命运，

我试着习惯它，却总是不能，
就仿佛不能习惯纠缠不清的、机警的敌人……

然后，从生活在祖国法律仁慈之下的
两亿苏联人中间，

能否随便找个什么人，把他最痛苦的时刻
来与我的交换——我问你们！

而不是面带真诚的微笑，犹如丢弃恶毒之根
把我的姓名抛弃。

哦，上帝！请看一眼我轻微的功绩，
请不加惩处地放这个做完事的人回家去。

1941年1月
喷泉楼

列宁格勒在 1941 年 3 月

日晷①安置在缅希科夫大楼上。
一艘轮船驶过,激起层层波浪。
啊,世上还有什么比这些更令我熟悉,
闪耀的旗杆,流水的反光!
小巷幽深,如同一条缝隙。
麻雀们栖身在电线上。
还清晰记得游玩时吹来的
咸腥味道——这也没什么不好。

1941 年 3 月(?)

---

① 日晷:此处原诗为法语 Cadran solaire。

敌人的旗帜……

敌人的旗帜
渐渐消失,如同烟尘,
我们真理在握,
胜利终将属于我们。

1941 年 7 月 19 日

誓词

今天与爱人告别的那位女子啊,——
愿她把自己的痛苦化为力量。
我们向孩子宣誓,向墓地宣誓,
任何人不能迫使我们投降!

1941 年 7 月
列宁格勒

用力挖吧,我的铁锹……

用力挖吧,我的铁锹,
叮当响吧,我的十字镐。
这片和平的田野,
我们决不放进一个强盗。

1941 年 7—8 月

第一颗远程炮弹落在列宁格勒

在人们纷纭的忙乱中
一切突然改变了模样。
但这声音既不来自于城市
也不属于乡村。
真的,它和远方的雷鸣
亲兄弟般的相似,
可是雷声中蕴含着
高空新鲜云朵的水分
和草地的渴望——
那是一场喜雨来临的消息。
而这声轰鸣,干巴巴的,像地狱之火,
惊慌的耳朵
不愿相信——因为,
它仿佛不断地扩大和生长,
仿佛冷漠地为我的孩子

带来了死亡。

1941年9月4日之后
列宁格勒

途中之歌,或暗处传来的歌声

(选自组诗《短歌》)

谁怕什么,
什么就会在他身上发生,——
什么都不要怕。
唱的是这首歌,
或唱的不是这首歌,
可是别的歌
也都和它相像……
上帝啊!

1941 年 9 月(28 日)

死亡之鸟悬于高天……

死亡之鸟悬于高天,
谁来拯救列宁格勒摆脱危难?

请四周不要喧哗——他在呼吸,
他还活着,一切都听得非常清晰:

如同在波罗的海潮湿的底层
他的儿子们从梦中发出呻吟声,

仿佛从他的深处传来呐喊:"面包!"——
阵阵呼声直冲九霄……

而苍天毫无怜悯之心。
从所有窗口向外窥探的——只有死神。

1941 年 9 月 28 日
飞机上

但愿信号灯不要闪亮……

但愿信号灯不要闪亮
但愿城市隐没在前所未有的昏暗中,
列宁格勒的声音告诉我们:
"——时刻准备,投身劳动,保卫国防!"

1941年9月(?)

整个尘世间只剩下了……

整个尘世间只剩下了
你勉强糊口的面包,
人类温情的话语,
和田野间干净的麦穗。

      1941 年 10—11 月
      车厢。撤离途中。

来临

威严的轰鸣声中,飞扬的雪尘里,
光荣的事业有了光荣的开端,
在那里,大地圣洁的身体
正饱受敌人蹂躏,痛苦不堪。
从那里,故乡的白桦向我们
伸展着枝桠,在期待,在召唤,
就连强大的严寒老人
也和我们组成队列,阔步向前。

1942年1月

勇敢

我们知道,什么事情正千钧一发,
此刻什么正在来临。
勇敢的时刻已敲响我们的钟。
勇敢绝不会抛弃我们。
倒在死神的子弹下也无所畏惧,
无家可归也在所不惜,——
我们要保卫你,俄罗斯的语言,
伟大的俄罗斯词语。
我们将带给你自由与纯洁,
传给子孙万代,拯救你
永远免于奴役!

1942年2月23日
塔什干

是从列宁格勒那些威严的广场……

是从列宁格勒那些威严的广场
还是从神圣的忘川原野?
你给我寄来了如此的清凉,
用白杨树装饰了院墙,
照亮了不计其数的亚洲人,
笼罩在我的忧伤之上。

1942 年 3 月
塔什干

这就是它了——那秋日的风景……

这就是它了——那秋日的风景，
我一生都如此怕它：
天空——恰似灼热的深渊，
城市的声音——仿佛来自另外的世界，
永远清晰，而又陌生。
就好像那一切，我整个一生
都在内心与之搏斗的，获得了
另外的生命，化作了
这些盲目的围墙，这座黑色的花园……
在那一刻，我的肩膀之后，
我先前的老房子
还眯缝着冷淡的眼睛凝视着我，
那是让我永远难以忘怀的窗口。
十五年——好像伪装成了
花岗岩般的十五个世纪，
而我就像花岗岩本身：

此刻祈祷吧,痛苦吧,请把我称作
海洋公主。无所谓。不应该……
但我应该相信自己,
这一切都已经发生过多次,
不仅涉及我一个——还有别人,——
甚至更糟。不,不是更糟——是更好。
我的声音——想必,曾经
显得最为可怕——它从黑暗中发出来:
"十五年前你用怎样的歌声
来迎接这一天,你恳求天空,
群星的合唱团,流水的合唱团,
来迎接这次激动的约会,
要见的人,今天你刚离开他的身边……
这就是你白银的婚礼:
请招呼客人们,把自己打扮漂亮,庆祝吧!"

1942 年 3 月
塔什干

也许，还有许多事物希望……

也许，还有许多事物希望
被我的声音颂扬：
那些沉默的事物，发出轰鸣，
或在黑暗中打磨着地下的石头，
或正突破烟雾。
我这里，还有与火、风、水
的恩怨没有结清……
因此，我的瞌睡将会为我
突然打开这些大门
引领我去看黎明的星星。

1942年3月
塔什干

花园中挖好了战壕……

1

花园中挖好了战壕,
灯光不再明亮。
彼得堡的孤儿啊,
我的孩子们!
在地下无法呼吸,
疼痛钻着太阳穴,
透过轰炸可以听见
孩子的声音。

1942 年 4 月 18 日

2

请用小拳头敲门——我会打开。

我永远都会为你打开。
如今我已是远隔千山万水,
远隔沙漠、大风和酷热,
但我永远都不会出卖你……
我没有听到你的呻吟。
你没有向我要面包。
请为我带来槭树枝条吧,
或者只是绿色的小草,
就像去年春天你所带回的。
请为我捧来我们涅瓦河
一点纯净清凉的水吧,
我要从你金黄色头上
洗去鲜血的污迹。①

1942 年 4 月 23 日
塔什干

---

① 这首诗是阿赫玛托娃用来纪念邻居男孩瓦列里·斯米尔诺夫的,他们关系很好。在后方听到瓦列里被敌人轰炸致死后,她写下了这首诗。

像个伤心的女人睡去……

——致加·盖鲁斯 ①

像个伤心的女人睡去,
像个热恋的女人醒来,
看看吧,罂粟多么美丽。
是什么样的力量
今天进入了
你的殿堂,黑暗!
烧着火盆的棚舍,
你的烟雾多么痛苦
你的白杨多么挺拔……
山鲁佐德 ②
从花园中走出……
你就是如此模样,东方!

1942 年 4 月
塔什干

---

① 加·盖鲁斯(1906—1991),俄罗斯回忆录作家。音乐家、指挥家阿·科兹洛夫斯基的妻子。
② 山鲁佐德(Shahrazad),阿拉伯民间故事集《天方夜谭》(又名《一千零一夜》)里一个女性人物形象。

诺克斯①

夏园中的雕像《夜》

子夜!
星空笼罩之下,
戴着哀悼的面具,失眠的猫头鹰……
小女儿!
我们用花园中新鲜的泥土
掩埋了你。
如今杰奥尼索夫花杯空空,
爱神的眼眸在哭泣……
这是你痛苦的姐妹们
路过我们城市的上空。

1942 年 5 月 30 日
塔什干

---

① 诺克斯,罗马神话中的司夜女神。

我目不转睛地眺望着地平线……
——致弗·迦尔洵①

我目不转睛地眺望着地平线,
暴风雪在那里跳着恰尔达什舞②……
在我们之间,我的朋友啊,横亘着三条战线:
我们的,敌人的,又是我们的。
我害怕这样的别离
甚于死亡、耻辱和监狱。
我祈祷,但愿我们一起获得
死亡的痛苦。

1942 年 6 月 3 日
塔什干

---

① 弗·迦尔洵(1887—1956),苏联病理学家,1945 年当选医学科学院院士。1939 年间成为阿赫玛托娃好友,并决定娶她为妻,后于 1944 年战争期间中断联系。
② 恰尔达什舞,匈牙利吉普赛人的一种传统民间舞蹈,后传至周围国家和地区。

生活如此。我祝愿你们拥有另外的……

生活如此。我祝愿你们拥有另外的,
更好的生活。我再也不会用幸福讨价还价,
像招摇撞骗者,或批发商……
趁着你们悠闲地在索契度假,
这样的黑夜已然向我爬行而来,
我听到了这样的声音!

不像显贵的女游客躺在安乐椅里,
我听见了苦役犯的歌声,
我以另外的方式听出了它们……
…………
…………
…………

亚洲上空——是春天的云雾,
鲜艳得吓人的郁金香

如同地毯铺陈数百俄里。
啊,面对这纯净的自然美景,
面对它神圣的天真,让我如何是好?
啊,该拿这些人怎么办?

我没有能够成为目击者,
可不知为什么我总能
挤进自然的禁区。
柔弱的病痛的医治者,
陌生丈夫们的忠贞女友
众人的悲痛欲绝的寡妇。

我灰色的鬓角没有徒劳地染白,
面颊,被烈火焚烧而枯萎,
黝黑的颜色已经令人恐惧。
我的傲慢接近末日,
什么这样、那样——受难的玛丽娜,——
我不得不饮下这空虚。

你身披黑色的大斗篷走来,
举着可怕的淡绿色蜡烛,
没有在我面前露出面孔……

但我不应为这个谜而苦恼,——
是谁戴着白手套的手
是谁派来了这位深夜的访者。

       1942年6月24日
        塔什干

您和一只山雀在地板之下……

您和一只山雀在地板之下
交相共鸣,真好听
您梦见一个人,
在梦中他因您而呻吟不已,
但是,即便对自己的朋友
他都一个词不会透露。

1942 年 6 月

死亡

1

我曾站在那个边缘,
对它没有一个准确的称呼……
这一再召唤所引起的倦意,
慢慢地滑离自己……

> 1942 年 8 月
> 久尔缅

2

我已处于某些事件的前夕,
所获得的一切,代价各异……
这艘轮船上有为我准备的一间小舱
风吹船帆——这是与我亲爱的祖国

永别的可怕时刻。

1942 年 8 月
久尔缅

在斯摩棱斯克墓地

所有人，在尘世我正好遇见的那些人，
你们，就像上世纪衰老的庄稼！
....
一切在这里结束了：多农山①旁的午餐，
阴谋和礼仪，芭蕾，活期存款……
破旧的柱脚之上——贵族的王冠
生锈的安琪儿流下干涩的泪水。
东方的辽阔尚未认知，
在远处雷鸣般轰响，像敌人严酷的阵营，
而从西方迎来了胜利的高傲，
狂欢的彩纸屑飞舞，康康舞②应声呼号……

1942年8月

久尔缅

---

① 多农山，位于法国孚日山脉北部斯特拉斯堡西南，高达1008米。
② 康康舞，起源于法国19世纪30年代的一种舞蹈，风格轻快粗犷。

IN MEMORIAM[①]

啊,你们,我最新一批应征入伍的朋友!
为了哀悼你们,我的生命得以幸存。
对你们的纪念不会像垂柳[②]般渐渐冷却,
而是要向整个世界呼唤你们的名字!
那些名字就算了吧!我啪地一声合上教堂日历;
所有人都双膝跪下!深红色的光线倾泻而下!
列宁格勒的人们队列整齐地出发,
那些生者与死者。对上帝来说没有死人。

1942年8月

久尔缅

---

① 拉丁语,纪念,悼念。
② 垂柳,俄语是 плакучая ива,意为好哭的柳树。

伤寒病中

某个地方有年轻的夜,
星光灿烂,地冻天寒……
哎,坏啦,坏啦,
这颗得了伤寒的脑袋。
胡思乱想着自己,
在枕头上作着记号,
知道不知道,知道不知道,
我是一切的被告,
在河流之旁,花园之后
劣马正拖动棺材。
请别把我埋进地下吧,
我是唯一的——讲故事的人。

> 1942 年 11 月
> 塔什干。塔什米(伤寒时呓语)

如果你是死亡……

如果你是死亡——那为何你自己还要哭泣,
如果你是快乐——那这样的快乐世间少有。

1942 年 11 月

塔什干,塔什米

让我们一起去死在撒马尔罕……

让我们一起去死在撒马尔罕,
那永恒的玫瑰盛开的故园……

> 1942 年 11—12 月
> 塔什干,塔什米
> (伤寒中的呓语)

父辈们斟满泛着泡沫的杯子……

父辈们斟满泛着泡沫的杯子,
顽皮的孩子们出发了,
就像童话里那样,奔赴战场。
但这是发生在某个地方——
那种难以理解的嘈杂,
那个可怕的她①。
…………
(是她自己朝我们走来)
没有丽诺尔②,没有抒情叙事诗,
皇村花园被毁了,
熟识的楼房
像死尸般挺立。
眼中是冷漠,

---

① 她,此处指战争。
② Ленора,丽诺尔或译作勒诺,美国作家埃德加·爱伦·坡于1845年1月首次出版的一首叙事诗《乌鸦》中的女主人公。

嘴里骂着下流话,
但只要别害怕,别害怕,
别害怕,别害怕……啪,啪!

1942 年

让我来告诉你一切……

让我来告诉你一切:
野蛮的"阿富汗人"① 如何疾驰。
谁的面庞映在白色的月亮上,
灌溉的沟渠低语些什么,
我在茶馆里听到了什么。

1942 年

---

① "阿富汗人",对形成于中亚阿富汗地区的一种地域性大风的俗称,它往往干燥、急速,卷起沙尘,一吹就是几昼夜,甚至几周。

两只尖角的月亮上蒙着阴影……

两只尖角的月亮上蒙着阴影……
……………………………………恐惧。
大个子的老头骑着瘦小的毛驴
沿陡峭的山路颠着碎步。

1942 年

她不会死于苍白的恐惧……

她不会死于苍白的恐惧
知道复仇的日期,
她垂下干涩的眼睛,
紧闭嘴唇,俄罗斯
离开飞扬起的烟尘,
此时此刻走向了东方。
她亲自迎上前去,
不屈不挠地投入严酷的战斗,
就像真的从镜子里走出,
像龙卷风来自乌拉尔,来自阿尔泰,
忠实的
年轻的
俄罗斯来拯救莫斯科。

1942 年
塔什干

列宁格勒的贵族们……

列宁格勒的贵族们,
仰望了天空三年,
请从高处看一眼我们。

> 1943年1月1日（呓语中）
> 塔什干

这个房间，我躺在里面生病……

这个房间，我躺在里面生病，
这是我最后一次在大地上生病，
仿佛走在枝干银白、高挺的
杨树拥围的林荫道上。
而这第一个——这位重要人物，
专治而自大，
当他走过我昏暗的小窗，
花言巧语，欣喜若狂，
我的心灵飞起来，想要去迎接太阳，
而垂死的梦境将它毁灭。

1943 年 1 月（？）
塔什干

普希金

谁知道,这是何等的荣耀!
他以怎样的代价购买了权力,
机遇或美满
在众人之上,他如此明智与调皮地
开着玩笑,神秘地一言不发,
还把脚称为脚丫儿?

1943年3月7日
塔什干

镜中粗野的影子藏起了侧面……

镜中粗野的影子藏起了侧面，
他以为，他是不可取代的，
世间的一切都可以改变，
甚至可以超越帕斯捷尔纳克，
而我不知道，对他如何是好。

1943年5月2日
塔什干

好像在教堂的餐厅中……
——致阿·费·科兹洛夫斯基 ①

好像在教堂的餐厅中——长椅,桌子,窗口是
一轮硕大银白的月亮。
我们喝着咖啡,深色的葡萄酒,
我们随便聊着音乐。
反正都一样……
围墙上的枝条鲜花盛开。
这是流放中浓烈的甜蜜,
也许,是无与伦比的,甜蜜。
祖国给了我们这个避难之所,
它有不朽的玫瑰,和甘醇的葡萄。

1943 年 5 月
塔什干

---

① 阿·费·科兹洛夫斯基(1905—1977),苏联音乐家、教育家、指挥家。1936 年之后在塔什干生活,执教。

而我们……

而我们?
难道不是为了相互召唤
而短暂地分离?

1943 年 6 月 21 日
塔什干

女主人
——致叶·谢·布尔加科娃 ①

在我之前,这个房间里
曾有一位女巫居住:
满月前夕
还可以看到她的身影,
她的身影还站立在
高高的门槛边,
随和而又严厉地
凝视着我。
我本身并非来自那些人,
他们遭受着别人魔法的支配,
我独自一人……然而,顺便说一下,
我不会轻易说出自己的隐秘。

1943 年 8 月 5 日
塔什干(巴拉哈纳)

---

① 叶琳娜·布尔加科娃(1893—1970),著名作家和剧作家布尔加科夫(著有《大师与玛格丽特》)的第三任妻子。

科罗姆纳① 郊外

——致耶·瓦和谢·瓦·舍尔文斯基兄弟②

……在那里,四条高爪子支撑着的

轰鸣的钟楼侧身

站了起来,在那里,田野散发着薄荷的气息,

罂粟花戴着小红帽漫步,

莫斯科河潺潺流淌,——

一切都是原木般,木板一样,弯弯曲曲……

从沙漏里,一分钟都会

货真价实地渗出。——这是所有花园的花园,

所有繁茂森林的花园,

在它们上空,就像在无尽的峭壁之上,

古老的太阳从灰蓝色的云雾中,

---

① 科洛姆纳是俄罗斯莫斯科州南部的一座古老城市,位于莫斯科河和奥卡河的交汇处。城中有建于十四世纪、十七世纪的古塔、教堂、地志博物馆等古迹。
② 耶·瓦·舍尔文斯基和谢·瓦·舍尔文斯基,兄弟二人前者为建筑设计师,后者是诗人,作家。

投下温柔而长久的视线。

1943年9月1日

塔什干

相逢

就像是一首痛苦歌谣的
欢快的副歌——
战胜了离别之痛,
他走上令人头晕目眩的阶梯。
不是我去找他,是他来找我——
鸽子落在窗台上……
院子覆盖了常春藤,你听了我的话
身披雨衣。
不是他来找我,而是我去找他——
在黑暗里,
  在黑暗里,
    在黑暗里。

1943 年 10 月 16 日
塔什干

三个秋天

夏日的微笑让我简直无法理喻,
可我也找不到冬天的秘密,
但是,一年中有三个秋天
我的观察几乎确定无疑。

第一个秋天——像节日一般忙乱,
仿佛故意刁难逝去的夏日,
落叶纷飞,像撕碎的笔记本碎片,
青烟飘渺,芳香阵阵,
一切都湿润,明亮,色彩斑斓。

白桦树带头翩翩起舞,
身披镂空的装束,
隔着篱笆向邻居匆忙地抛洒
转瞬即逝的泪水。

但这是常有的——像故事刚刚开始。
好像只过了一分,一秒——第二个秋天
就来临了,像良心一般冷静,
像空中的雾霭一样幽暗。

一切都仿佛瞬间变得苍白和衰老,
夏日的悠闲被洗劫一空,
远方金号的行军口令
飘散在芬芳的雾气中……

高耸的苍穹掩藏在
它神香弥漫的寒冷气流中,
当寒风骤起,大地袒露无遗——
人们即刻明白了:悲剧结束了,
这不是第三个秋天,是死期。

1943 年 11 月 6 日

塔什干

来吧记忆

所有人，我的心都不会忘记，
但不知为何一个人都没有，无论在哪里……
痛苦的孩子们，不再有了，
他们不会再长到二十岁，
只有过八岁，有过九岁，
曾经有过……够了，别再折磨自己，
所有人，你真的爱过的那些人，
将为了你永远活着。

1943年11月6日

当我出于习惯呼唤……

当我出于习惯呼唤
朝思暮想的朋友们的姓名,
在这激情的呼唤声里
回答我的永远都是寂静。

1943 年 11 月 8 日
塔什干

又一首偏离主题的抒情诗

罩在红褐色的鸽群里,
窗上装着铁条——禁宫中的心情……
仿佛幼芽,话题投放得太多。
没有你,我不会离去——
越狱者,难民,叙事诗。

然而,真的,我会想起那个夏日,
塔什干在繁花中绽放耀眼的光芒,
整个被白色的火焰拥围,
灼热,芳香浓郁,匪夷所思,
不可思议……

事情发生在那个万恶的年代,
那时,"菲菲小姐"① 重又变得
蛮横无理,就像在七十年代。

---

① "菲菲小姐"系法国著名小说家莫泊桑同名小说中的主人公——一位普鲁士军官的绰号,他性格特别凶残。(安娜·阿赫玛托娃原注)

而我必须在火红的晚霞中
翻译鲁特菲①的诗句。

还有那些苹果树,原谅它们吧,上帝,
像是因婚礼而处于爱的颤栗。
灌溉的沟渠说着方言,
今天它被释放,絮絮闲聊。
而我快写完《单数》
又陷于歌唱前的痛苦之中。

我可以看到我的叙事长诗的
内部。其中的冰冷,
就像在家里,有芬芳的昏暗
窗子紧闭,隔绝酷热,
那里暂时还没有主人公,
但是罂粟像鲜血般流淌……

1943年11月8日
塔什干,巴拉霍纳

---

① 这里的鲁特菲似指维吾尔族诗人阿卜杜拉·鲁特菲(1366—1465)。他精通诗学、医学和音乐。一生中著有20余部著作,题材广泛,其中爱情长诗《古丽与诺柔孜》(《花与春》)长达4200余行,以民间传说为素材创作而成,在中国新疆及中亚各国广为流传,甚至远到伊拉克。擅长写格则勒十四行诗、坎思旦颂诗和鲁拜四行诗。

客人们

"……你醉了,

反正到了该回家的时候……"

衰老的唐璜

和重又变得年轻的浮士德

在我的门口碰到了一起——

一个从小酒馆走出,一个约会归来!……

抑或这只是黑夜中的大风

吹动树枝在摇摇摆摆,

那道神秘的绿色光线

像斟满的毒酒,这一切啊——

都像我憎恶的

两个熟人?

1943 年 11 月 11 日

塔什干,巴拉霍纳

我永远喜欢书中的最后一页……

我永远喜欢书中的最后一页
远甚于其他页码——
当我已经全然不再对男女主人公
感兴趣,许多年
就这样逝去,对谁都不惋惜,
也许,作者本身
已经忘记了故事的开端,
甚至"永恒都苍老了",
就像一本优秀的书中所说。
但是现在,现在
一切都接近尾声,而作者要重新
不可逆转地陷入孤独,而他
正极力成为一个机智的人
或者正在死去,——宽恕他吧上帝!——
适合有一个奢华的尾声,
就像这样,譬如:

……只是在两个家庭中

在那个城市(名字不清楚)

留下一张侧影(在雪白的石灰墙壁上

被不知谁勾勒出),

不是女人的,也不是男人的,但充满神秘。

于是,像人们所说,当月光——

呈现绿色,低低的,中亚的月光——

沿着这些墙壁在深夜奔跑,

特别是在新月的晚上,

你就会听见某种轻微的声响,

一些人以为这是哭泣声,

另外一些人能听出其中的词语。

但所有人都厌倦了这个奇迹,

去看的人少了,本地人已习以为常,

听说,在那些房子其中的一间,

该死的侧影已经用毯子罩起。

1943 年 11 月 25 日
塔什干

一切重又回到我的身边……

一切重又回到我的身边:
赤热的夜晚和慵倦。
(仿佛亚细亚在梦中呓语),
哈尔玛的夜莺在歌唱,
《圣经》中水仙花在绽放,
还有看不见的祝福
微风般在整个国度沙沙作响。

1943 年 12 月 10 日

塔什干

他们郑重地告别了女友……

他们郑重地告别了女友,
在行进的队列中亲吻了母亲,
他们的穿戴焕然一新,
好像去玩士兵打仗的游戏。
不论坏的、好的,还是中等的。
他们全都各就其位,
在那里没有第一,也没有末尾……
他们都长眠在那里。

1943 年
塔什干

……所有思绪和情感,消失于……

……所有思绪和情感,消失于
这一缕穿堂风中。
甚至永恒的艺术
不知为何如今也变得轻盈!

1943 年?
塔什干

你以名人的身份返回我身边……

你以名人的身份返回我身边,
身上缠绕着深绿色的枝蔓,
气质优雅,冷漠而高傲……
我从前认识的你不是这般模样,
不是为此我才从
黏稠的血污中把你救出。
我不会与你分享成功,
也不会为你高兴,而只会哭泣,
你非常清楚这是为什么。
长夜过去,力量所剩不多,
请救救我,像我救你一样,
请不要把我抛弃到沸腾的黑暗里。

1944 年 1 月 6 日。索切里尼克
塔什干

后记

……我要把这最后的和最高的快乐——
我的沉默——奉献给
为信仰而忍受苦难的圣徒
列宁格勒。

1944 年 1 月 16 日

塔什干

《列宁格勒组诗》后记

难道不是我站在十字架旁,
难道不是我沉没于大海,
难道我的双唇忘记了
你的味道,痛苦!

1944年1月16日
塔什干

难道我全然变了,不再是那个……

难道我全然变了,不再是那个
　　大海边生活过的人,
痛苦,难道我的嘴唇忘记了
　　你的味道?
在这片古老而干燥的土地上
　　我重新回到了家里。
中国的风在黑暗中歌唱,
　　　一切都如此熟悉……
我注视着这些山坡,
　　呼吸都会融化,
我知道,朋友环绕在周围——
　　数以百万计。
乘着深夜的翅膀
　　是怎样的风在呼啸飞行——
那是亚洲的心脏在跳动,
　　向我发出预言,

和平明媚的日子,
　　我将重新在这里找到栖身之地。
……在临近的克什米尔原野
　　鲜花怒放。

　　　　　　　1944年1月16日—5月14日前
　　　　　　　　　　塔什干

记忆深处,仿佛饰有花纹的匣子里……

记忆深处,仿佛饰有花纹的匣子里:
无所不知的唇边那抹苍老的微笑,
墓地里裹着缠头的雕像优美的褶皱
还有帝王般的矮子——石榴花丛。

1944 年 1 月 16 日

背叛

不是为此,才打碎了镜子,
不是为此,大风哀号不已,
不是为此,记忆中的你
已经被陌生的东西渗透过滤,——
不是为此,完全不是因为
我在门口遇见了你。

1944年2月22日
塔什干

致胜利者

背后是纳尔瓦大门,
前方只有死神……
迎着"伯特"黄色的炮口,
苏联步兵奋勇前进。
史书将会这样书写你们:
"为朋友献出了自己的生命",
这些头脑单纯的小伙儿们——
万卡,瓦西卡,阿廖什卡,格里什卡,
是我们的兄弟,我们的子孙!

1944 年 2 月 29 日

塔什干

1944年1月27日

就在一月没有星光的夜晚,
列宁格勒走出死亡的深渊,
它震惊于前所未有的遭遇,
为自己施放焰火,举行庆典。

1944年3月2日

我从深渊里大声疾呼——我这代人……

我从深渊里大声疾呼①——我这代人
很少品尝到甜蜜。你看
只有风在远方发出低沉的长鸣,
只有记忆在为死者们唱着哀曲。
我们的事业还未完成,
我们的时间在一点一滴流逝,
到希望的分界线,
到伟大的春天的顶峰,
到百花怒放
只剩下一次喘息……
…………
两场战争,我这代人,
照亮了你痛苦的道路。

1944 年 3 月 23 日
塔什干

---

① 原诗此处为拉丁文:De profundis!

内景①

当月光像一片查尔朱②甜瓜
照耀在窗子的边缘,四周闷热,
当屋门关闭,浅蓝的藤萝
用它轻盈的枝蔓为房子施展魔法,
浴巾般的雪地,白色的蜡烛——
仿佛一切都是为了盛典。只是,不觉得疲倦,
寂静在低诉,听不到我的话语,——
那时,从伦勃朗③角落的黑暗中
有什么突然聚成一团,旋即消失,
但我并未心跳剧烈,甚至没有恐惧。

在这里孤独把我捉进了罗网。

---

① 原诗题目为拉丁文:INTERIEUR。
② 查尔朱,现称土库曼纳巴德,是土库曼斯坦东部城市,列巴普州首府。
③ 画家伦勃朗善于画黑色背景上的人和事物,中心人物犹如被一线光柱照耀。

女主人的黑猫望着我,像世纪的眼神
就连镜中的影像也不想帮助我。

我要甜蜜地睡去。晚安,晚安!

1944 年 3 月 28 日
塔什干

我多想早日回到有金黄圆顶的……

我多想早日回到有金黄圆顶的
　　　　巴尔米拉①,
但命中注定我要在这里
　　　　等到第一朵玫瑰开放。
桃花开了,紫罗兰的烟雾
　　　　或深或浅的紫色……
谁敢对我说,这里是
　　　　险恶的异国他乡?

1944 年 4 月 18 日

---

① 巴尔米拉,叙利亚中部一个重要古代城市,位于大马士革东北 215 公里,幼发拉底河西南 120 公里处。是商队穿越叙利亚沙漠的重要中转站,也是重要的商业中心。这里指圣彼得堡,它也被称为"北方"的巴尔米拉。

在远离列宁格勒的地方……

在远离列宁格勒的地方
  迎接第三个春天。
第三个？我似乎觉得，这是
  最后一个春天。
然而我永远不会忘记，
  到死亡那一刻也不会忘记，
那林荫中传出的水声
  令我多么愉悦。
桃花开了，紫罗兰的烟雾
  比什么都要芬芳。
谁敢对我说，我在这里
  是在异国他乡？！ [①]

1944 年 4 月（？）

[①] 此诗最后几行诗句与前一首"我多想早日回到有金黄圆顶的巴尔米拉"相近。

右边是伸展的荒原……

右边是伸展的荒原，
仿佛世界，来自一道古老的霞光，
左边，是信号灯，像绞刑架。
一个，两个，三个……

万物之上是寒鸦的嘶鸣
还有莫名其妙地浮现出的
月亮死灰色的面影。

这——不是来自那种生活，不是那种，
这是——黄金时代即将来临，
这是——战斗即将结束，
这是——我和你马上要相逢。

1944年4月29日

塔什干

在那里,沿着令人晕眩的白罂粟……

在那里,沿着令人晕眩的白罂粟
部队像灰色的云朵般爬行,
而一只看不见的手
以不祥的标志区别着
那些人,他会呼唤他们回家,
当战斗即将结束。

1944年4—5月?

塔什干

我已经有七百年没在这里……

我已经有七百年没在这里,
但什么都未曾改变……
上帝的仁慈从不容置疑的高空
流淌下来,一如往昔,

还是那样的星辰与流水的合唱,
天空的穹窿还是那般黑暗幽深,
微风还是那样吹动着谷物,
母亲唱的还是那首歌曲。

它多么结实,我亚洲的房子啊,
不必为它忧虑……
我还会回来。盛开吧,栅栏,
快注满吧,清澈的水潭。

1944年5月5日

你啊,亚洲,故乡之故乡……

你啊,亚洲,故乡之故乡!
群山高耸,沙漠漫漫……
你的空气,不似先前的任何地方,
它炽热而蔚蓝。
像童话中的屏风,
相邻的国境线隐约可见,
在缅甸上空的鸽群
飞向牢不可破的中国。
伟大的亚洲久久沉默,
笼罩在火焰般的酷热里,
把永恒的青春隐藏进
自己威严的白发里。
然而,光明的时代在迫近,
正抵达这神圣的地域。
你在那里歌颂过格萨尔,
那里的所有人都成为了格萨尔。

在世界面前
你手中高举起橄榄枝——
用你们古老的语言
重又说出崭新的真理。

      1944年（5月14日前）
        塔什干

塔什干鲜花盛开

仿佛依照谁的命令,
城市立刻显得明亮起来——
这是按照洁白轻盈的幽灵的吩咐
走进了每一个庭院。
它们的呼吸比语言还易于理解,
而在炽热蔚蓝的天空中
与之相似的事物必遭
躺入沟渠底部的命运。

————————

我会记住星光照耀的家
在永恒的荣誉和小小的羔羊的
光辉里
在黑发辫的母亲的
年轻怀抱里。

1944 年 5 月 14 日前

选自《塔什干笔记本》

怡然自得的世界——绿色的世界
在每一个转弯之后。
是巴格达,还是开罗?
我在飞翔,像蜜蜂飞向蜂房。
这里是开罗,还是巴格达?
不,这只不过是普通的花园,
一个声音低语:"谁在那里?"

在雪白的围墙之上
这些枝条轻盈地摇曳
那样优雅,那样朴实,
世上再没有这样的了。

像光,像风,像雾
驼队穿过城市
从一个荒漠走向另一个荒漠

(对于……如在画中)

我在那里看到了一只只山鹰,

在头发乌黑的母亲

年轻的怀抱里

看到了小小的羔羊。

1944年(5月14日前)

塔什干

从所有的钟楼里……

从所有的钟楼里
黄铜的钟舌重新发出了
战胜死亡的誓言

1944年（5月14日前）
塔什干

从飞机上俯视

1

方圆几百俄里，方圆几百英里，
方圆几百公里
盐碱地横亘，茅草喧哗，
雪松林子蓊蓊郁郁。
仿佛是第一次，我观赏着她，
观赏着我的祖国大地。
我知道，这一切都是我的——
我的灵魂，我的肉体。

2

在我歌唱胜利的那一天，
要竖起一块洁白的石头以示纪念，
为了迎接凯旋的日子，

我曾飞翔着,把太阳追赶。

3

春天的飞机场上,青草
在脚下沙沙作响。
回家,回家——真的到了家!
一切是多么新鲜,又是多么熟悉,
内心涌动着如此的倦意,
大脑甜蜜地晕眩……
胜利的莫斯科啊——
在五月雷雨的清新轰鸣中屹立!

1944 年 5 月 14 日
塔什干—莫斯科

我们的男孩保卫着我们……

我们的男孩保卫着我们,
有的伏在沼泽中,有的躺在森林里。
而我们都有限额配给证。
我们都披着黑褐色狐狸皮大衣。

1944年(5月底之前)

致普希金城①

> 激荡在皇村庇护的庭荫里……
> ——普希金②

啊,我无比痛苦!他们烧毁了你……
啊,重逢,比离别还要沉重!……
这里曾有喷泉,高高的林荫,
远处古老的公园巍然耸立,
霞光绚丽迷人,
四月散发出霉腐和泥土的气息,
还有那第一次亲吻……

1944 年 6 月
普希金城

---

① 普希金城是圣彼得堡著名的大公园,位于圣彼得堡以南 24 公里处。建于 18 世纪初,1728 年开始称为"皇村",1811 年,普希金进入皇村中学读书,这里留下了诗人生活的足迹。1937 年,为纪念普希金逝世 100 周年,皇村改名为普希金城。现在这里有一处普希金文物保护区和几座博物馆。每年 6 月的第一个星期天,这里都要隆重庆祝普希金的生日。
② 本句出自普希金 1821 年的诗作《致恰达耶夫》。

防波堤上第一座灯塔突然放出光芒……

防波堤上第一座灯塔突然放出光芒,
它是其他灯塔的先驱,——
一位海员哭了起来,摘下帽子,
他曾在充满死亡的大海上漂流,
远离了死亡,又迎面撞上死亡。

1944年6月(?)

最好让我把这该死的身体……

最好让我把这该死的身体
钉进大地,没至肩头,
如果我知道了,迎接我的是什么,
我在飞翔,追赶太阳。

1944 年 6 月(?)

列宁格勒

哀泣歌

列宁格勒的灾难

我不能用双手消除,

无法用眼泪洗净,

也不能埋进泥土。

我要远远地绕过

列宁格勒的不幸。

我不能用视线,不能用暗示,

我不能用语言,也不能用埋怨,

 在绿色的原野

  我只能以深深的鞠躬

   祈祷死者安息,生者前行。

     1944年(6月1日后)
      列宁格勒

最后一次归来

> 我只有一条道可走：
> 从窗子通向门口。
> ——劳改营歌曲

日复一日——这样，那样，
好像平平淡淡地
过去了——但是孤独
已然从它们中间透出。
它散发着烟草味，
老鼠味儿，和开启的箱子的味道，
并且弥漫了恶毒的
尘雾……

1944 年 7 月 25 日
列宁格勒

我们神圣的职业……

我们神圣的职业

已存在了千年……

有了它,黑暗的世界也会一片明亮。

而一个诗人也不曾说过,

这世间没有智慧,没有衰老,

可能,也没有死亡。

1944 年 7 月 25 日

列宁格勒

"难忘的日期"重又来临……

"难忘的日期"重又来临,
其中没有一个不是该诅咒的。

霞光以最可恶的模样涌现……
我知道:我的心跳并非徒劳——

在大海的风暴来临前,因时间的轰响
它汹涌着浑浊的痛苦。

甚至在今天多风的日子
它还罪孽深重地保存着去年的影子,

从地下室传出的敲击声,多么轻微,而又清晰,
心脏以疼痛回应这响声。

我已经付出了一切,直到最后的一点一滴,

我将是自由的,我将孤身一人。

我在过去竖立了黑色的十字架,
你还想要什么,西南风同志,

椴树和槭树为什么要闯进房间,
绿色的营盘军号低沉,杂乱无章

大水涌近了桥梁隆起的圆腹处?——
一切如前,一切如前。

所有人都清楚——失去自由的罪恶日子接近尾声,
现在我独自穿过战神的疆场,

而大理石的边缘是空洞的窗口,
我和你在那里喝着冰镇的红酒,

在那里我要和你永远地分手,
你是智者,也是疯子——一个蠢人。

1944 年夏

列宁格勒

是的,在断绝往来的日子总会这样……

是的,在断绝往来的日子总会这样,
初恋的幽灵叩打我们的心扉,
银白色的柳树闯了进来,
舞动着枝条,苍老而华美。
我们狂怒,痛苦,傲慢,
不敢把眼睛从大地上抬起来,
一只小鸟亮开幸福的歌喉
唱着,我们在昔日是何等相爱。

1944 年 9 月 25 日

明月当空

——致阿·科兹洛夫斯基

从珍珠贝和玛瑙中，
从熏黑的窗子里，
它这般突然地斜挂上天空
如此壮丽地缓缓移动，——
恰似《月光奏鸣曲》
瞬间为我们劈开了一条道路。

1944 年 9 月 25 日
列宁格勒

奇异的抒情诗中,每一步——都是秘密……

奇异的抒情诗中,每一步——都是秘密,
那里遍布深渊,忽左忽右,
那里,荣誉如同脚下枯萎的落叶,
看得出,我已是无药可救。

1944 年

冷冰冰的铃声

冷冰冰的铃声
飞快地传来。
难道今天大限来临?
请站在门口,
稍等片刻,
看在上帝的分上
不要碰我!

1944 年

是该忘记这骆驼般的嘈杂……

是该忘记这骆驼般的嘈杂

和朱可夫大街上白房子的时候了。

是时候了,是该去白桦林中采蘑菇,

是该走向莫斯科辽阔的秋天了。

那里的一切如今都闪烁着光泽,挂满露水,

蓝天向着高处飞升,

就连罗加乔夫公路都记得

年轻的勃洛克模仿强盗的唿哨……

1944—1950 年

啊，这个人，对我来说……

啊，这个人，对我来说
如今谁也不是，而在最痛苦的岁月
曾是我的惦念与慰藉，——
他幽灵般胡言乱语，沿着城郊边缘，
走在生活荒凉而僻静的角落，
丧失了理智般，心绪沉重，头脑昏昏，
龇着恶狼般的牙齿……
    上帝，上帝，上帝啊！
我对你犯下了多么严重的罪孽！
至少请为我保留些怜悯……

        1945 年 1 月 13 日

断章

——致英·梅·巴萨拉耶夫 ①

纪念我们的塔什干

如果不到这里,我还不知道,木梨②怎样开花,

我还不知道,你们的语言

是如何发音,

雾气如何从山上爬进城市,

驼队如何穿过

尘土飞扬的别沙卡奇③,

我还不会知道它有

怎样的阳光,大风,和流水……

---

① 英·梅·巴萨拉耶夫(1898—1964),文学工作者,《星》杂志合作者。女诗人、摄影家伊达·纳别利巴乌姆的第二任丈夫。
② 榅桲,俗称木梨。落叶小乔木或灌木,原生于中亚和高加索山区;现被引种到世界各地,成为重要的水果品种。果实可以生食,制作果酱、蜜饯等食品,也可以酿酒,含有大量维生素 C。
③ 别沙卡奇,塔什干的一处广场,1890 年之前这里是古城墙。

城市古老,如同大地……

城市古老,如同大地,
用纯净的黏土打造。
四周是一望无际的原野
被郁金香淹没。

现在我感谢所有人……

现在我感谢所有人，
我说：拉赫马特①，哈耶尔②
我向你们挥动手帕致意。
拉赫马特，艾伯克③，拉赫马特，楚斯特④，
拉赫马特，塔什干！——别了，别了，
我宁静古老的房子。
拉赫马特，那些星辰和花朵，
还有黑发辫的母亲
年轻怀抱中的
小小绵羊……
在你蔚蓝色的巨爵星座下
度过了八百个美妙的日子，

---

① 拉赫马特，乌兹别克语，有"感谢"、"再见"等意思。
② 乌兹别克男人常用名。
③ 乌兹别克男人常用名。
④ 乌兹别克斯坦城市名。

灼热的花园啊,我呼吸过
你光芒耀眼的痛苦……

> 1945年9月28日
> 列宁格勒

不知我什么地方又出了毛病……

不知我什么地方又出了毛病……
心脏孤立无援地颤动。
是该把我的鲜血展示给太阳的时候了,
展示给这位世界的老医生!

1945 年

老师[①]

——纪念英诺肯季·安年斯基[②]

那个人,我以他为师,

像影子般来过,却不曾留下阴影,

他吸入了全部毒药,饮下了整杯的迷魂汤,

等候过荣耀,荣耀却没能等到,

他是一个预言,一个征兆,

随后在我们身上全都变为了现实,

他怜悯所有人,为他们而苦恼——

自己却窒息而死……

1945年1月16日

[①] 此诗与前面《世纪初的叙事诗》第七节相近,应该是前后不同的版本。
[②] 安年斯基(1856—1909),俄罗斯诗人、文学评论家、剧作家、翻译家、教育家。他的诗歌对古米廖夫、阿赫玛托娃、曼德里施塔姆、帕斯捷尔纳克等人都产生了影响。

回忆包含三个阶段……

> 最后一泓泉水——是遗忘冰冷的源泉。
> 它最为甜美,消除着内心的灼热。
>
> ——普希金

回忆包含三个阶段。
第一个——仿佛是昨天。
心灵栖息在它们美好的穹窿之下,
肉体在它们的荫蔽下怡然自得。
欢笑还未停止,眼泪流淌而下,
墨水的斑痕无法从桌子上擦去——
如同内心的烙印,那一吻,
唯一的,惜别的,永志难忘……
但这些持续得不会太久……
头顶上已然不是天空的穹窿,而是在某处
荒僻的郊外一座孤独的房子,
那里冬季严寒,夏日酷热,

一切事物上都覆盖了蜘蛛和尘土,
火焰般的书信正在腐烂,
画像悄悄地更换,
人们去那里像是走向墓地,
返回后,用香皂不停地清洗着手臂,
从疲惫的眼睑里
抖净迅速滑落的泪水——还有沉重的叹息……
但时钟嘀嗒,春天转换
一个接一个,天空化为绯红,
许多城市改变了名字,
事件的见证者已然不在,
没有谁可以一起哭泣,没有谁可以一起回忆
身影慢慢离我们而去,
我们已经不能召唤他们,
如果他们归来会令我们恐惧。
哦,突然醒来后,我们看见,我们甚至
忘记了通向那座孤零零房子的道路,
因羞惭和愤怒而窒息,
我们奔向那里,但是(如同梦中所遇)
那里一切面目全非:人,物,墙壁,
谁也不认识我们——我们成了陌生人。
我们去的不是地方……我的上帝!

而此刻最痛苦的事发生了:
我们意识到,我们不能把那些过去
放进我们生活的边界里,
它对于我们来说是如此怪异,
就像是我们房子的邻居,
那些逝去者,我们最好不认识,
而那些人,被上帝命令和我们别离的人,
出色地绕过了我们——甚至
生活得越来越好……

1945年2月5日
喷泉楼

被解放的土地

清新的风摇动着云杉,
纯净的雪覆盖了田地。
敌人的脚步声再也不会听见,
我的大地正在休养生息。

1945年2月18日

胜利伫立在我们的门口……

胜利伫立在我们的门口……
我们怎样迎接这位期待的客人?
就让妇女们高高地举起孩子,
他们被从千千万万死者中间救起,——
我们就这样来回答久久等候的客人。

1945 年 5 月 20 日之前

在五月

这是斯大林格勒奋战
赢取的金黄的果实:
和平,富足,崇高的荣誉,
每一扇窗子下
未来快乐的消息
微风般向我们发出沙沙的低语。

1945 年 5 月

迎着旗帜，迎着我们凯旋……

迎着旗帜，迎着我们凯旋
归来的大部队
让胜利的歌声向着云端飞扬，
让酒杯去碰响酒杯。

现在让我们庄严地宣誓
并把誓词传给下一代，
但愿这从战火中赢得的美好世界，
成为我们唯一的天堂。

1945 年 5 月（？）

我们有什么值得自豪……

我们有什么值得自豪,有什么值得珍惜,——
权利宪章,亲爱的母语,
被我们保卫的和平。
还有人民的英勇,
对于我们和亲人,比一切都珍贵的高尚品质,
它们——就是我们的胜利之旗!

1945 年 5 月(?)

就让刺耳音乐的波浪猛烈冲击……

就让刺耳音乐的波浪猛烈冲击,
就让嘶哑的进行曲切断沉寂。
我永远觉得终结就是节日,
不管发生什么,但是你的结束,战争,
让我震惊不已……

1945 年 5 月?

《浮士德》的故事梗概在远方……

《浮士德》的故事梗概在远方
犹如一座城市,那里有无数黑色的高塔,
无数回声响亮的钟楼,
有无数深夜,充满狂风暴雨,
有许多老人,经历并非歌德般的命运,
有许多肩背手摇风琴的流浪乐师,银钱兑换商人
　　和旧书商,
谁召唤来了魔鬼,谁和他进行了交易
谁欺骗了他,而作为遗产为我们
留下了这份契约……
号角悲鸣,招来死神,
琴弓在死亡面前也变得崇敬,
当某件痛苦的乐器
发出预警,一个女人的歌声立刻
给予回答。我就在此时醒来了。

1945年8月8日

对我,如同对一条河流……
——致尼·阿·奥尔舍夫斯卡娅①

> 那在遭遇厄运时,能探访
> 另一个世界的人,是有福的。
> ——丘特切夫

对我,如同对一条河流,
严酷的时代扭转了方向。
为我暗中偷换了生活,进入另外的轨道,
绕过其他事物流淌,
连我都不知道自己的彼岸。
啊,我错过了那么多的景色,
没有我,帷幕照常升了起来,

---

① 尼·阿·奥尔舍夫斯卡娅(1908—1991),苏联剧院演员。作家维克多·阿尔多夫是她的第二任丈夫,她们在莫斯科大奥尔登卡的家里,有许多著名诗人和作家住过,其中包括阿赫玛托娃,因此,她们关系亲密。她家院里竖有阿赫玛托娃的纪念碑。

也会这样落下。
有多少自己的朋友
在生活中一次都没有遇到。
啊,有多少城市的轮廓
能从我的眼中唤出泪水,
而在尘世之上我知道一个城市
梦中我都会摸索着找到它。
啊,有多少诗歌我不能写完,
它们秘密的合唱围绕着我飘荡
也许,还会在某个时间
将我窒息……
开端与结局为我所熟悉,
那终结之后的生活,对此,
现在我最好沉默不语。
某个女人占据了
我唯一的位置,
她用着我法定的名字,
只为我留下绰号,为此
也许我尽我所能做了……
哦,我将不能躺进自己的墓地。
然而,有时是春日任性的清风,
抑或在偶尔的一本书中让那些词语组合,

或者某个微笑会突然诱惑我
进入不现实的生活。
在这样的一年中发生了诸如此类的事情，
而在这其中——
　　　往来，看见，思索，
以及回忆，投入新的爱情
如同进入镜中，怀着愚钝的意识
改变了，昨天还没有出现的
皱纹……
……………………

但是如果从那里回首看看
如今的生活，
我会因羡慕得死去……

1945年9月2日
列宁格勒，喷泉楼
（构思于塔什干）

怀念友人

胜利日那天,天气温和,雾霭弥漫,
朝霞如同火光般鲜红,
姗姗来迟的春天像寡妇
紧张忙碌于无名烈士的墓地边。
她跪在地上,不急于站起,
吹拂一下嫩芽,抚摸一下小草,
把蝴蝶从肩头移到地上,
让第一朵蒲公英四处飘洒。

1945 年 11 月 8 日(夜)

仿佛站在天际的白云边……

仿佛站在天际的白云边,
我会回想起你说过的话语,

而我的话会让你
觉得深夜比白昼还要明丽。

就这样,脱离了大地,
我们高高地,如同星辰,一起漫步。

既不绝望,也不羞耻,
不现在,不今后,也不在那时候。

但这不是在梦中,
你会听见,我呼唤着活生生的你。

就连那扇门,你微微打开的,
我想去关上却没有力气。

1945 年 11 月 26 日

所有声响在空气中烧成灰烬……

所有声响在空气中烧成灰烬,
晚霞被黑暗吞没。
在永远喑哑的世界上
只剩下两个声音:你的和我的。
从看不见的拉多加湖吹来的风中,
透过隐约可闻的钟声,
深夜交谈化作了
一缕彩虹交叉的光明。

1945 年 12 月 20 日

很久以来我就不喜欢……

很久以来我就不喜欢,
人们对我的怜悯,
而带着你的点滴怜悯
我一路走来,仿佛阳光注入身体。
因此四周霞光普照。
这就是为什么,
我一路走来,创造着奇迹!

1945 年 12 月 20 日

众人曾开玩笑地把那人……

众人曾开玩笑地把那人
称作王,实际他是上帝,
他被杀死,他的刑讯工具
被我温热的胸膛焐暖……

基督的证人们领略了死亡,
那些好搬弄是非的老婆子,那些士兵,
甚至罗马总督——所有人都来过了。
在那里,从前曾有拱门高高耸立,
那里海浪拍岸,那里峭壁漆黑,——
在罪孽中饮下它们,把灼热的尘土
和幸福的玫瑰清香一同吸入。

黄金锈蚀,钢铁腐烂,
大理石化作碎屑——面对死亡一切就绪。

大地上最坚固的是痛苦,

而最恒久的是——雄伟壮丽的词语。

1945 年

玻璃窗上冰雪在消融……

玻璃窗上冰雪在消融。
钟表在反复地絮叨:"别害怕!"
听得见,有什么在向我走来,
我害怕那个死去的女人。
仿佛对着圣像,我向屋门祈祷:
"请别把不幸放进来!"
谁在院墙下哀号,像一只野兽,
是什么藏在花园里?

1945 年
喷泉楼

这是你猞猁般的眼睛,亚洲……

这是你猞猁般的眼睛,亚洲,
好像审视着我的内心,
激起了某种隐秘的感觉,
因寂静而产生,
令人厌倦和痛苦,
就像正午泰尔梅兹①的酷热,
仿佛意识中所有原始的记忆
熔化的岩浆般流淌,
仿佛我从陌生人的手掌里饮下了
自己的失声哭泣。

1945 年

---

① 泰尔梅兹又译铁尔梅兹,是乌兹别克斯坦的苏尔汉河州首府,位于乌兹别克斯坦—阿富汗边境阿姆河口北岸,是乌兹别克斯坦与阿富汗两国之间的交通要道。

你清楚，我不能赞美……

你清楚，我不能赞美
我们相见时最痛苦的一天。
用什么给你留作纪念，
我的影子？给你影子有什么用？
那焚毁的剧本题辞，
它的灰烬也已荡然无存，
或者是那张突然从镜框中脱落的
可怕的新年照片？
或者是桦木焦炭燃烧时
隐约可闻的声音，
或者是，我还没来得及
讲完的别人的爱情？

1946年1月6日

我们没有吸入迷梦的罂粟……

我们没有吸入迷梦的罂粟，
也不清楚自己的罪过。
在怎样的星辰昭示下
我们生来就使自己痛苦？
这一月的黑暗为我们送来了
多么难以下咽的稀汤？
是什么样的隐秘的火光
让我们在天亮前变得疯狂？

1946 年 1 月 11 日

狡猾的月亮注视着我……

狡猾的月亮注视着我,
它隐藏在大门边,
它看我如何把自己死后的荣誉
换取了那个夜晚。

如今人们将把我忘却,
柜子中的书籍也将腐烂。
他们也不会用阿赫玛托娃来命名
一条街道,一首诗篇。

1946 年 1 月 27 日
列宁格勒

梦中

我和你同样背负
黑暗而永久的别离。
你为何哭泣？最好把手给我，
请答应我还会来到梦里。
我和你像痛苦伴着痛苦……
我和你在人世已不能相遇。
只希望你能在午夜时分
穿过星群向我致意。

1946 年 2 月 15 日

第二个周年

不,我不是为它们宣泄痛哭。
是它们本身在我内心熔铸成了硬物。
一切都正在从眼前消逝,
它们早已不在,它们永不再来。

没有了它们,屈辱与离别的痛苦
折磨着我,窒息着我。
痛苦渗入了血液——它们那烧毁一切的盐
让我清醒,令我憔悴。

我以为:那是在一九四四年,
也许是六月的第一天,
你饱经忧患的身影
闪现在了磨破的丝绸表面。

巨大的不幸的烙印,不久前风暴的

痕迹，仍然铭刻在一切之上，——
透过最后的泪水的霓虹
我看见了自己的城市。

1946年6月1日
列宁格勒

亚历山大·勃洛克之忆

他是对的——又是路灯,药房,
涅瓦河,缄默,花岗岩……
就像献给世纪之初的纪念碑,
这个人站在那里——
当他向着普希金之家,
挥手,告别,
他便接受了死亡的倦意
像是接受了不应领受的平静。

1946 年 6 月 7 日

非梦

让时间走开,让空间走开,
透过白夜我看清了一切:
你桌上玻璃盏中的水仙,
雪茄蓝色的烟缕,
还有那面镜子,如同一汪净水,
现在可以照见你。
让时间走开,让空间走开……
但是你却不能拯救我。

1946 年 6 月 13 日

肖像题词
——致塔·维切斯洛娃①

月圆时分青烟般的鬼蜮,
林荫道幽暗中的白色大理石,
宿命的女孩啊,你这善舞者,
众爱神中最美的一位。
因为她们,众人死去活来,
为了这样的女子,成吉思汗派遣了使臣,
而她用沾满血迹的盘子
端来了施洗者的头颅。

1946 年 6 月 15 日
喷泉楼

---

① 塔契娅娜·维切斯洛娃(1910—1991),俄罗斯芭蕾舞主角演员、舞蹈排练教师。1928—1947 年间,在马林斯基剧院参演了许多芭蕾舞剧,并担任主演。

曾和流浪汉躺在……

曾和流浪汉躺在
  小酒馆旁的水沟里,
曾和俘虏们挤在
  大卡车的条凳上。
曾陷于莫斯科河
  清晨的迷雾中,
也曾和哥萨克头子
  被套在勒紧的绞索里,——
我曾和他们在一起,
  和这些人,和那些人,
而如今只剩下
  我孤苦一身……

1946 年 8 月
喷泉楼

我用高昂而意外的代价……

我用高昂而意外的代价
终于弄清了,你铭记和期待的是什么。
也许,你找到的那个地方
将是——我没有名字的墓地。

1946 年 8 月
喷泉楼

每棵树木里都有受难的上帝……

每棵树木里都有受难的上帝,
每株麦穗中都有耶稣的身体,
祈祷的圣洁之词
医治着病人的肉体。

1946 年

饱经苦难直至墓地之上的火焰……

饱经苦难直至墓地之上的火焰。

1946 年

我获得了那个称号……

因为无数的罪过
我获得了那个称号,
对于生者们——我是叛徒,
与我忠诚相伴的——只有阴影。

(两个声音)

第一个:

我们享受了被禁的知识,
在意识的无底的深渊里
越是透明,越是可怕
最后时刻已然透出……

第二个:

远处的雷霆已经在轰鸣……
而那一位,我们唤作音乐的人
为了不变的良好名义
会来拯救我们。

1946 年

秋天如帖木尔①重又袭来……
——致鲍·帕斯捷尔纳克

秋天如帖木尔重又袭来,
阿尔巴特的街巷中一片寂静。
小车站旁,迷雾之后,
漆黑的道路无法通行。
这就是它,那最后的秋天!就连狂怒
也渐渐平息。反正世界成了聋子……
强壮的福音书中的老年
和客西马尼园②内那声极其痛苦的叹息。

1947 年
列宁格勒。喷泉楼

---

① 阿木尔·帖木尔(1336—1405)是帖木尔王朝的奠基人。公元 14 世纪,帖木儿击破马穆留克精锐,占领大马士革,又征服奥斯曼土耳其帝国。自此,帖木儿汗国统治了原伊尔汗国、印度河、钦察汗国的广袤疆土,成为辉煌无比的"蒙古"第二帝国。
② 客西马尼园,榨橄榄油之地,在耶路撒冷东、汲沦溪旁、靠近橄榄山。据说是耶稣基督经常祷告与默想之处。园中的八棵巨大的橄榄树相传在耶稣时期即存在。

我会宽恕所有人……

在耶稣复活之时,
我会宽恕所有人,
那背叛我的,我吻他们的额,
那没有背叛的——我吻他的唇。

1947 或 1948 年(复活节)

莫斯科

这里的一切都依法属于你……
——致鲍·帕斯捷尔纳克

这里的一切都依法属于你,
浓密的雨水像围墙般矗立。
把荣誉——这尘世的玩具,交给别人,
回家吧,什么也别希冀。

1947年—1958年

您吃惊吧，我是如此忧伤……

你吃惊吧，我是如此忧伤，
夹在大锤与铁砧之间，
甚至超过青春的某段时间……

1948 年后

摇篮曲

在这个摇篮上
我像棵黑色的枞树弯下腰。
噢,噢,噢,噢……
睡吧,睡吧,睡觉觉!

不论是远方,还是近处,
一只小鹰我都没看到。
噢,噢,噢,噢……
睡吧,睡吧,睡觉觉!

1949年8月26日(白天)

喷泉楼

攻克柏林

(电影院里)

在两个小时里,我又度过了漫长的
四年。屏住呼吸,
我看见了,哦,我的祖国,
如何拯救了你的自由。
……穿越异国的平原,
我们的坦克在行进,如同命运……
俄罗斯歌曲夜莺般的声音
伴着音乐回旋……

———————

那一切事物,在迷雾中我们隐约可见的,
那些穿过战争的暗夜所能看到的
(在萨拉托夫,在车里亚宾斯克,在索契),——

都在我们面前的屏幕上再现。

那些历史光荣的岁月

永远不会忘记，——

    已经不是日子，而是日期，

柏林掩在烟尘中，

士兵们正前往突击。

最后的一次猛攻……

    突然火光冲天。

传过来远方轰鸣的回声

出现了幸福的安宁，

相逢的快乐，

  不会再遇见你了，战争！

请给世界——以和平！

1949 年 10 月

莫斯科

1949年12月21日

让世界永远铭记这一天,
让这一刻流传后世,成为永恒。
传奇述说着一位英明人物的业绩,
他从可怕的死神手中拯救了我们每一个人。

整个国家在琥珀色的霞光中欢腾,
最纯粹的喜悦畅快无阻,——
古老的萨马尔干,冰封的摩尔曼斯克,
还有被斯大林两次挽救的列宁格勒

在老师与朋友的新年时
他们唱起欢快的感激的歌曲,——
但愿四周的暴风雪不再猖獗
让高山上的紫罗兰怒放。

所有友好的共和国的城市

都加入了苏联城市的合唱
那些劳动者们，正被镣铐摧残，
但现在他们说话自由，灵魂骄傲。

他们的思绪自由地飞向荣耀的首都，
飞向高高的克里姆林宫——飞向守护永恒光明的
　斗士，
在子夜从那里传出雄壮的国歌
向全世界传扬，如同声援与问候。

1949 年 12 月 21 日

领袖以他鹰隼般的目光……

领袖以他鹰隼般的目光
从克里姆林宫的高处俯视,
满目疮痍的土地
被光线热烈地注满。

世纪的最中心,
他给它命名,
他看到人类的心灵,
变得明亮,如同水晶。

自己的劳动,自己的事业
他看到成熟的果实,
雄伟建筑的庞然大物,
桥梁,工厂和花园。

他把自己的灵魂融入了这个城市,

他令我们摆脱了不幸，——
这就是为何莫斯科无法遏止的心灵
如此的坚定和年轻。

领袖听到感激的
人民的呼声：
"我们前来
告诉您，——斯大林在哪里，哪里就有自由，
和平，和壮丽的大地！"

1949年12月

1950 年

五十年代——像一座分水岭，
是光荣而空前的世纪巅峰，
壮丽的霞光，英明事业的见证者，
实现了人类的意志。

那里——有通往共产主义的道路，那里有年轻的
　森林，
那里有一望无际的故乡原野的守护者，
不断增加着，那些友好的声音强大起来，
汇合到一起，歌唱着永恒的和平。

在那里我们河流的波浪急切地等待着
辉煌怒放的瞬间，
当它们为不能结出果实的荒漠
解除干涩坚硬的旱灾。

而那位领导着我们，用劳动的征途
珍贵的胜利和坚定的荣耀，——
他将宣布人民永远是
全球的改造者。

1949 年 12 月

在那荒原昏睡的地方……

在那荒原昏睡的地方——如今已变成了花园,
田野和宁静的湖面。
我们永远擦干了战争的
泪水,——
    为了创造生活。
我们并不畏惧国外的那些谎言,
我们拥有真理,不可战胜。
他已经绘制出了——
    我们国家未来的
宏伟蓝图。

          1949 年

给诽谤者

1

你们用血迹斑斑的裹尸布徒劳地
妄想覆盖我们的祖国，——
人民奋起筑起血肉的墙壁
并且高呼：
"绝不容许你们得逞！"

已经有五亿新朋友
向我们传递来自己的问候，
在古老的欧洲越来越多的人们，
一刻比一刻清楚，
光明来自何处。

1949 年

2

当你们知道了，在这里多么平静地
流淌着劳动生活，
多么热情洋溢，多么富有尊严地
伟大的国家在生活着，

仿佛这里的一切都在述说着和平，
崭新的森林在崛起，
所有诗人歌唱的声音
都更加洪亮、宽广。

每一时刻都充满了
实现的理想和幸福，
……而你们用可耻的诽谤
贬低的是自己——不是我们！

1949 年

就这样在我们伟大的祖国……

就这样在我们伟大的祖国,
在我们的眼前,人民成为了
生活真正的主人,
高山与河流的统治者。

是他排干了泥沼,
止息了黑色的风暴,
自己的城市化作夜莺的花园
这是他,
　　　　埋首工作,将其转变。

柠檬小树林花朵盛开,
喜悦阳光般照耀……
不是因为柔弱,而是由于威力
他成为了战争严酷的对手。

他的嘴里发出英明的话语,
光辉的语言——
          和平,——
像新的祈祷前的钟声般回响,
飞旋在普通民众的头顶,

如同指路的明星般闪耀
在国外的黑暗之间
迎接各地人民的回答:
"我们寻求并期待着和平!"

                1949 年

致莫斯科

> 莫斯科……在这声音中包含了太多……
> ——普希金

你一天比一天变得年轻,
你却永远保留了那份坚定,
为民族和真理守护着真诚,
为全世界珍藏着炽热的心灵!

在劳动响亮的汽笛声中
可以听见莫斯科荣誉的隐隐回声……
高尔基在这里教导过青年人,
马雅可夫斯基曾把生活赞颂。

你从容不迫的说话声,蔚蓝色的黎明,
你的无数个春天的来临!

给我们阳光灿烂的节日——与你相逢。
思想和情感也都焕然一新。

1949 年

祝酒词

干杯,为了这些火焰般的黎明,
干杯,为了你的第一天,五月!
为了那些,在空中,在海上
守护祖国边疆的人们,
干杯!为了苏维埃的学校里
响起孩子们的欢笑声,
为了重又开垦的田野,
为了我们英勇的朋友们,
为了伟大的思想和劳动的珍贵幼苗
完好无损,
为了全体人民的意志
封锁住了敌人的阴谋诡计!干杯!

1949—1950 年(5月1日)

正告战争贩子

你们拿什么威胁我们?
　　　　　　用战火?
用灭绝我们的孩子?
但是要明白:诽谤的恶毒话语
你们通不过。
用一阵光明磊落的劲风
建立起和平阵线迎战你们,
成为自由的劳动者
久久期盼的时刻正在来临。

　　　　　　1949—1950年(6月—11月)

爱情会先于一切化为死亡的灰烬……

爱情会先于一切化为死亡的灰烬,
自豪感将平静下来,阿谀奉承会渐渐沉寂。
绝望,被添加了恐惧,
让人几乎不可能忍受过去。

1940 年代末—1950 年代初(?)

雷卡米埃夫人[①]重又变得那么美好……

雷卡米埃夫人重又变得那么美好
而歌德,还像维特,那般年轻。

1940 年代

[①] 雷卡米埃夫人,1777 年生于里昂,原名朱丽叶·贝尔纳。16 岁嫁给了比她大 27 岁的里昂银行家雅各·雷卡米埃,仗着丈夫雄厚的财力,在巴黎举办沙龙。一时文人学士、政客名流都云集在她的沙龙里。

五年过去了……

五年过去了,——创伤治愈,
那是残酷的战争制造的伤痛,
我的祖国,
　　　　俄罗斯的林边草地
重新弥漫了寒冷的宁静。

灯塔穿透沿海深夜的黑暗,
光芒四射,为船员们指明道路,
那灯火,就仿佛友爱的目光,
海员们从大海深处就眺望着它。

坦克开过的地方——如今是和平的拖拉机轰响,
烈火焚烧的地方——是花园散发着芬芳,
从前坎坷不平的运输线
如今是一辆辆轻型汽车在飞翔。

在那里,云杉曾举着伤残的手臂
号召我们去复仇——如今是一片葱郁,
在那里,因离别而心痛的地方,——
如今母亲在晃动摇篮,唱着歌曲。

你重新变得强大与自由,
我的祖国!
　　　　而化作灰烬的岁月
却将永远活在
卫国战争的记忆宝库里。

为了年轻一代和平的生活,
从里海之滨到北极的冰川,
就像为烧毁的村庄竖立的纪念碑,
规模宏大的新城市正拔地而起。

　　　　　　　　　　1950年5月

1950年6月1日

但愿孩子们记住今天
凉快，清爽，晴朗
（城市花园中丁香在盛开）
年轻的椴树渐生的绿荫
覆盖了花岗岩石板。
扩音器里传来孩子的声音，
他在求助和叫喊
……………………

1950年5月—6月

孩子们说

花园中初开的罂粟燃烧似火,
城市为夏日而喜悦,自由地呼吸着
大海新鲜而咸涩的清风。
河道中轮船飞快地驶过,
年轻的槭树洒下轻微的阴影——
干燥的柏油路上那些可爱的外地人——
微笑多么纯净……

突然痛苦的声音传遍了城市,
这是合唱团的歌声——孤儿合唱团的歌声,——
这声音不高,但清纯,
声音不大,但整个世界都可以听清。
今天这个声音在扩音器中
如同笛子般,清脆而有穿透力。
　　　　　　它飘荡着
飞过闷热的巴黎的栗树林,

莱茵河畔荒芜的城市，
古老的罗马。
　　　　　　它简单明了，
如同云雀清晨的歌鸣。
它——平易近人，通俗易懂……
哦，是那个人今天在说，
他在自己的摇篮上面看到了
因疯狂而变得扭曲的眼睛，
先前人们看他的时候，总是
如同两颗星星，——
　　　　　　这是那个人，
他问道：
　　　　"什么时候父亲被杀死了？"
谁也不敢回答他，
留下他一个人，不停争论……
这就是他，浅色头发，眼睛明亮，
全体人民的儿子，全体人民的子孙。
　　　　　　我们向他发誓，
为了世界的幸福我们要呵护他！

　　　　　　　　1950年6月1日

战火中的朝鲜

1

在那里,季风散发着芬芳
在浓密而碧绿的灌木丛之上,——
在那里,一棵棵杨树,像火炬,冒出烟缕,
钻石般的群山发光的顶峰
隐约在烟雾之中闪现。

———

在那里,夕光中燕子飞翔,
盘旋——
　　　　晚霞怡然自得,——
在那里,朝鲜空旷的田野上,孤儿们
惊恐地望着故乡的天空。
想召唤人们快来把他们拯救……

不行,不能让地狱般的生活继续下去!

2

如果拿它们来冲洗无辜的鲜血,
整个太平洋的海水都不够,
朝鲜妇女们应不会忘记
原野上玩耍的自己的孩子。
……而他们隔着大洋的邻居们,
肮脏的家伙,在不可救药的呓语中,
还号叫着自己的正义,——
这些残害儿童的杀人犯和凶手。

———————

然而,这些暴行已为世界熟知,
地球上没有这样的死角,
如同地下的轰鸣,不会不发出吼声,
你威严的呼唤,备受摧残的汉城!①
如星座升起在天宇,

———————

① 即现今的首尔。

如大海的潮水汹涌迫近,
它就这样到来了——
　　　复仇的伟大的日子,
以自己的光辉照亮了朝鲜。

　　　　　1950年(6月27日后—11月间)

斯德哥尔摩宪章

永垂不朽的日子,当劳动的国家
以同一个胸膛起来对抗邪恶
并宣誓:
　　——不能让那些可耻的人
实现血债累累的事业!
谁签署了斯德哥尔摩宪章
谁就应该斗争到最后一息,
在这一刻,他会听到伟大的召唤——
那是千百万呼声的回响,——
对自己的敌人,它坚定不移,
它不会沉默,不会宽恕,
而每一个签署的名字
如同沿着正确道路迈出新的一步。

1950年6月30日
列宁格勒

在少先队夏令营里
——给阿尼娅·卡明斯卡娅 ①

> 你好,陌生的,
> 年轻一代!……
>
> ——普希金

仿佛迷失在温和的夏日,
我徘徊在菩提树拥围的林荫道上,
嫩枝结成轻盈的绿网,
我看到,孩子们在它的下面舞蹈。
树木之间,这欢快的舞姿,
黝黑的面庞上泛起了红晕,
紫红的手臂,动作敏捷,
霎时吸引了周围的许多人。

---

① 阿尼娅·卡明斯卡娅,阿赫玛托娃第三位丈夫、艺术学家尼古拉·普宁的外孙女。幼时由阿赫玛托娃照料,因此二人一直关系亲密。曾于1965年陪同她访问英国和法国。

太阳的光斑像一粒粒钻石,
微风吹拂,清新迷人,
它时而带来林间草莓的芳香,
时而送来百年古松的气息。
在明朗湛蓝的天空下面
巨大的公园充满了欢声笑语,
甚至回声也变得富有朝气……
……看啊,孩子们举着自己的旗帜在前进,
而祖国母亲,
　　　　欣赏着这些孩子,
微笑着垂下额头,贴近他们。

1950 年 7 月

帕甫洛夫斯克

北方海路

谁的智力能穿透冰层
早就猜出了这条期盼的道路,
那里人迹罕至,
那里水银都会冰冻,
那里的每一分每一秒
大家都做好了死亡的准备,
但苏联的海军
拥有清晰的听觉、敏锐的视力。
在北极的光线下,
当雪花怒放
在凶恶的呼啸声中,
当暴风雪旋飞,——
这艘轮船坚信自己的道路,
所有道路中那最凶险的一条,
它激情的智力
不会减弱,不会疲惫不堪!

1950 年 9 月

海滨胜利公园

不久前还是一片浅长的沙滩,
在涅瓦三角洲上,黝黑而凄凉,
就如同在彼得堡附近,覆盖了苔藓
被冰雪的浪花拍溅、冲刷。

在那里,曾有两三株垂柳寂寥依依,
一艘破旧的渔船
搁浅在海滩上忧郁地腐烂。
无人而死寂的沼泽唯一的访客
只有猛烈的狂风。

但是列宁格勒人在清早就出发了
不计其数的人群奔向海滨。
每个人都种下一棵小树苗
在那片泥泞而荒凉的沙滩上,
以此来纪念伟大的胜利日。

看看今天——这里成了明媚的花园，
辽阔的天宇下如此自由，安详：
枝叶浓密，花香馥郁，
熊蜂嗡嗡鸣叫，蝴蝶翩翩飞舞，
那些小橡树洒下汁液，
温情的落叶松和椴树
在安宁的运河平静的水面，
如同对着镜子，欣赏自己……

那里，先前只有一艘孤帆
在大海银色的雾霭中泛着白色，——
而如今，几十条飞速轻盈的快艇
正自由地嬉浪……从远方
传来体育馆里激情的呐喊声……
是啊，这就是胜利公园。

1950 年

和平万岁!

斯德哥尔摩开始的事业——华沙接续,
经久不息的赞歌向着世界飘扬,

建造的楼房比金字塔还要坚固。
分分秒秒一切变得越来越光明

那盏明灯,被人民的意志点燃,
为了不再有恐惧,不再有苦痛。

热爱劳动的诚实的人们万岁,
和平万岁!祝愿世界和平,直到永远。

它用友谊的纽带联结起各族人民
播种下自由的美好种子。

1950 年

俄罗斯苏维埃联邦社会主义共和国

平等国家中的第一个,
光荣之中最荣耀的,
　　　　光明时代的摇篮!
整整三分之一的世纪
使人类发展壮大,
　　　　怀着伟大的理想。
从边疆到边疆
　　　　都令我们可亲可爱,——
　　　　你神奇壮美,幅员辽阔!
一起劳动,享受安宁,
你的十五个姐妹
　　　　与你友好相伴。
一望无际,
坚强不屈,——
　　　　我多么为你自豪!
我用你的歌声

温暖心扉,

祖国啊——苏维埃的俄罗斯!

1950年

伏尔加——顿河

在草原飓风严厉的呼啸声中,
伏尔加刺破大地的胸膛,
穿过古老的西徐亚人①的库尔干,
打开通向顿河的道路。
如果天空迷蒙了雾气,
探照灯的光线会笔直而明亮,
挖掘机像生机勃勃的巨人
在辽阔无垠的草原上行进。
彼得大帝当年的理想,
在我们英明的时代化作了现实。
而为了实现这一切,
这里的人,干劲倍增。
那些话语,比伊热夫斯克的钢铁还要坚固,

---

① 西徐亚人,也被译为斯基泰人。被称为是有史可查的最早的游牧民族,今人的了解都来源于希罗多德的《历史》中的记述。公元前9世纪以前,西徐亚人主要分布于阿尔泰山以东。

（就是说，比一切都坚固）
斯大林对我们说过的那些话语，——
是我们的荣耀和欢庆。

1951年2月

列宁格勒

五座伟大的建筑,犹如五座灯塔……

五座伟大的建筑,犹如五座灯塔,
它们光芒四射,穿透未来的世纪厚层,

它们照亮了南方和炎热的东方
让人民的心中欣喜若狂。

能工巧匠们在展开事业的竞赛,
让敌人们感到惊讶和恐惧。

建筑工地上热火朝天,
国家以母亲般的关切注视着它们。

她看到:棱棱树握紧了沙土,
致命的旋风永远休眠,

新月形沙丘的游牧点横亘成边界,
好让伟大的运河变得浅蓝。

第聂伯河的波浪通向克里米亚,
高山在爆破声中陷进伏尔加河,

神奇的大坝从水里升起来,
好让草木开花,好让果实成熟,

为了乌云般的牧群在田野里游荡,
为了年轻的城市自由地成长。

崭新而快乐的世界在创造中,
借助意志的巨人——普通的人们。

为了让自然界的混乱无序永远消失……
你们,就是这些奇迹的创造者,

你们,是严酷的斗争中的胜利者!——
你们驯服了自然的威力。

祖国将把你们光荣的名字
镌刻在金黄的大理石上。

1951年3月10日
列宁格勒

一切将会如此!

我们不需要别人的土地,
我们创造自己的,——
强大的水库
为她提供源源不断的水。
没有旱灾,没有歉收,
没有烧得赤红的灰烬——
微风展开翅膀
为这里带来一缕缕芬芳。
不会再有像西蒙风一样,
毁灭一切的黑色风暴,
卡拉库姆沙漠
将看到鲜润的蓝色。
而孩子们,晴朗的黄昏
在阴凉的地方驱赶着羊群,
他们已经不晓得,父亲
忧伤地唱过什么歌曲……

在我的热爱劳动的国度
现在发生了什么，
什么就会永远
光辉灿烂地载入史册。

1951 年

未完成的长篇小说中的诗歌

就像科洛姆纳①的古老城门
(它们不久前才矗立在那里,
它们后面——从前有些什么,如今一无所有),
我的话语不能抵达任何地方。
但有时我喜欢打开
这些门扉——向着远方的道路!
或者向着近处的深渊——它们如此相似。
这一切都完全接近死亡。

1952年后(?)

---

① 科洛姆纳,俄罗斯城市名,位于莫斯科州,莫斯科河和奥卡河的交汇处,面积65.1平方公里。

那颗心儿已不能回应……
——忆尼·普宁 ①

那颗心儿已不能回应
我的呼唤，有时欢跃，有时忧郁。
一切都结束了……我的歌声
飞向空旷的夜晚，可那里不再有你。

1953 年 8 月后

---

① 尼古拉·普宁（1888—1953），俄罗斯文艺史学家、艺术批评家。1923—1938 年与阿赫玛托娃同居。1953 年死于劳改营。阿赫玛托娃有许多诗献给他。

断章

我走向过去——花岗岩在沉睡，
现在，啊，对我来说可不是玩笑。
那是什么——血迹斑斑的石板，
或是被砖石封砌的门口，
用最后的喊声呼唤着我
不知是谁…………
…………在狂野的暴怒中，
在他凝固的面容之上
只有死神，仿佛善良的姐妹。

1954 年

有关一零年代

> 你——是生活的胜利者,
> 而我——是你自由的同志。
>
> ——尼·古米廖夫

不是什么粉色的童年……
没有雀斑、小熊、玩具,
善良的姨妈,可怕的叔叔,甚至
没有河边石头间的好友。
从最初之时,我本身就是
某些人的梦境或谵语,
或者是陌生的镜子中的幻象,
没有名字,没有肉体,没有缘由。
我已经知道了罪行的名单,
这些我都需要去实现。
这就是我,得了梦游症,
走进了生活,并惊吓着生活:

它在我面前犹如草地般铺展开，

普罗赛庇娜 ①

曾在上面漫步。

在孤苦无亲、笨拙的我的面前，

那些未曾预料的大门开启了，

人们走出来，大声叫喊：

"她来了，她自己来了！"

而我惊讶地看着他们，

心想："他们简直疯了！"

他们越是夸赞我，

我越是害怕在世间生活

越是希望自己能够迷失不见。

我知道，我将会百倍地

在监狱、墓地、疯人院里哭泣，

在应该醒来的地方，到处

像我一样，——痛苦会幸福般地持续。

1955 年 7 月 4 日

---

① 普洛塞庇娜（又译作普罗塞耳皮娜），罗马神话中普路托的妻子，冥府女王。在希腊神话中即冥王哈得斯的妻子珀耳塞福涅。她是大神朱庇特和农业女神刻瑞斯的女儿。普洛塞庇娜成为文艺复兴的代表形象之一。同时也是三相女神中的一个形态，其三位一体的组合为"天上的卢娜，地上的狄安娜，冥府的普洛塞庇娜"。

祝酒歌

——选自组诗《短歌》

花纹图案的桌布下面
看不到桌子。
我不是诗歌的母亲——
我做过它们的继母。
哎,洁白的纸啊,
一行行整齐的诗句。
多少次我看着它们,
燃烧成灰烬。
它们被诽谤摧毁,
它们被锤子敲击,
被烙印上,烙印上啊
苦役的标记。

1955 年

情歌

——选自组诗《短歌》

本来我和你
就没有真爱过,
只不过那时我们
曾分担了一切。
给你的是——整个世界,
自由的道路,
给你的是钟声激荡的
黎明。
而给我的是棉坎肩,
带耳罩的帽子。
请不要可怜我,
一个服苦役的女人。

1955 年

梦

> 是否甜蜜地梦见非凡的梦境?
> ——亚·勃洛克①

这个梦是不是有所预见……
火星在高空的群星间发出光芒,
它色泽殷红,耀眼,凶险,——
就是在那个晚上你来到了我的梦乡。

梦无所不在………巴赫的恰空舞曲里,
徒然盛开的玫瑰花丛中,
还弥散于翻耕过的黑土地上空
乡村的钟声里。

---

① 此诗句出自勃洛克写于1910年9月至1912年2月16日的《指挥官的脚步》一诗。

它也出现在秋天,这个秋天紧随而至
突然,改变了主意,又重新藏起。
啊,我的八月,周年纪念的时刻
你怎么能给我带来这样可怕的消息!

让我拿什么来回报这高贵的馈赠?
去何处,与何人一起庆祝?
和往常一样,在焚烧的笔记本上,
不加涂改地,写下我的这些诗句。

        1956年8月14日

        斯塔尔基—莫斯科

你虚构了我……

你虚构了我。世上没有这样的女人,
这样的女人不可能在世上出现。
医生无法救治,诗人不能消除,——
幽灵般的影子让你昼夜不安。
我和你在不可思议的年代相遇,
那时,世界的力量已然消耗殆尽,
一切都在哀悼,一切都因苦难凋残,
只有一座座坟墓无比新鲜。
涅瓦河上的壁垒,没有灯火,黑暗如漆,
沉寂的夜晚仿佛被城墙围起……
就在那时,我的声音呼唤着你!
这是在干什么——我自己也不能明白。
你来到我的面前,像是指路的星辰,
紧随悲惨的秋日,
走进那栋永远空空荡荡的房子,

从那里,刮飞了我那一页页焚毁的诗篇。

1956 年 8 月 18 日

斯塔尔基

沿着这条道路……

沿着这条道路,顿斯科伊①
曾率领浩浩荡荡的大军行进,
那里的风还铭记着敌人,
那里的月亮金黄,弯如尖角,——
我走着,像是行在海底……
野蔷薇散发如此浓郁的芬芳,
它甚至化作了一句话,
我已经准备好,去迎接
我命运的九级风浪。

1956 年 8 月 20—23 日
科罗姆纳近郊

---

① 德米特里·顿斯科伊(1350—1389),弗拉基米尔和莫斯科大公。伊凡二世之子。1359 年即位。在位期间,采取富国强兵政策,加强中央集权,修建莫斯科石垒内城,领导罗斯人民反对蒙古鞑靼军队的武装斗争,逐步巩固莫斯科在统一罗斯诸领地中的领导地位。

莫斯科郊外的道路吸引着我……

莫斯科郊外的道路吸引着我,
在那里我好像埋下了珍宝,
这珍宝我称之为爱情,
现在我要把它送给你。

椴树的树冠间是百年的昏睡,
是普希金,赫尔岑。这是些怎样的名字!
我们离这样的转弯处如此切近,
四周的一切都看得一清二楚。

而那条道路,顿斯科伊曾经
率自己的大军踏上不假思索的征程,
那里的风还铭记着敌人的叫喊
胜利的欢声随风传送
…………

1956 年(8 月 20—23 日)

她把还在说着话的听筒……

她把还在说着话的听筒
放回了原处,
这种生活对她来说好像
不应长久,
她最该得到的——是痛苦,
仿佛他人的痛苦。哎!
这电话中的交谈……

1956 年 8 月

别再重复了——(你的心灵富饶)……

别再重复了——(你的心灵富饶)——
从前曾这样说过,
但是,也许,诗歌自身——
是一种华美的引文。

1956 年 9 月 19 日

就让有的人还在南方休憩吧……

> 你重又和我在一起,秋日女友!
> ——英·安年斯基

就让有的人还在南方休憩吧
在天堂般的花园里悠游。
这里是北方之北——这一年
我选中了秋天作为女友。

我梦见,仿佛住在陌生人家里,
在那里,也许,我已经死去。
好像,苏米① 悄悄注视着
自己空荡荡的镜子。

---

① 苏米(Suomi)是芬兰民族对自己的称呼,就像我们自称华夏一样。也是一种芬兰产冲锋枪的名字。

我走在黑色矮小的云杉间，
在那里，帚石南如同微风，
月亮暗淡的碎片闪烁着，
像是有许多缺口的芬兰刀子。

我把美好的记忆带到了这里
与你那最后一次错失的相遇——
燃烧着冰冷的，纯净而轻盈的火焰，
这火焰是我对命运的胜利。

1956 年 10 月
科马罗沃

第一支短歌

神秘的不遇
荒凉的纪念,
没说出的言辞,
沉寂的话语。
未相遇的目光
不知道,该投向哪里。
只有泪水是快乐的,
可以久久地流淌。
莫斯科郊外的野蔷薇啊,
唉!为什么长在那里……
人们把这一切都会称作
不朽的爱情。

1956年12月5日

另一支短歌

没有说出的话语
我不想再重复,
但是为了纪念那次不遇
我会栽下一株野蔷薇。

我们的会面是多么美妙,
在那里歌唱,闪耀,
我不想从那里返回,
哪儿也不想去。
欢乐对于我是多么苦涩
幸福代替了职责,
和不该说话的人说了话,
还说了那么久。
让热恋的人们经受折磨,
乞求着对方的回答,
亲爱的,我们只不过是

世界边缘的幽灵。

1956年
科马罗沃

在破碎的镜子里

在那个繁星满天的夜晚
我听到了那些绝情的话语,
顿时头晕目眩,
仿佛脚下是烈焰升腾的深渊。
死亡守在门口哀号,
黑暗的花园像猫头鹰,一声声怪叫,
此刻,这座城市,死一般疲惫,
恰似古老的特洛伊城堡。
那一瞬间光芒耀眼
好像清脆的声音令人泪如雨下。
你送给我的不是
那件你从远方带来的礼物。
你觉得,在那个激情似火的夜晚
它不过是一场微不足道的游戏。
它是闻名于世的荣耀
也是向命运发出的严酷邀请。

它成了我一切不幸的前奏，——
这些我们永远都不要再回忆！……
那没有实现的相逢
还正躲在角落里哭泣。

1956 年

这个声音没有欺骗我……

这个声音没有欺骗我,
是时候了,是时候了,不速之客,您该上路了,
但是,据说,他时常吸引凶手
还要从远处回头注视尸首。
但是,据说……完全不是这回事,
是到了进入睡梦的时刻,
就像展翅的蜻蜓,我歌唱着
夏天、冬天、秋天和春天。
好像,计划已经完成,
在这个世界上,我怜悯那些
莎士比亚的悲剧在上演,
陌生的镜子里是可怕的幽灵。
大家正在离去——我应该留下……
此刻正是大地冰封。
在不知通向何方的阶梯旁
可以和一个人告别。

但是一切都已经一清二楚
……………（我应该留下）
它可以像一座炼狱
甚至更坏。这也可能。

1956年

……什么！仅仅十年……

……什么！仅仅十年，你在开玩笑，我的上帝，
哦，你怎么这么早就回来了，
我完全没料到——好像你刚刚和我告别
在某个可怕而陌生的严冬。

看看那些成百上千的诗行，
那里写着，我是多么可耻，罪孽深重。

1956 年

选自组诗《焚毁的笔记本》

就让我的船沉入水底,
房子化作尘烟……
请读读这一切吧——我无所谓,
我在和一个人交谈,
他没有一点过错,
不过,我和他也非亲非故。
…………
刺痛的内心
听到一声呐喊:去死吧!
在金色的喷泉楼里
那些灯光写下了什么?

1956 年

对我来说，这忠贞的证据……

对我来说，这忠贞的证据
比你的那些诅咒还可怕。

1956—1957 年初（？）

我歌唱这次见面，歌唱这个奇迹……

我歌唱这次见面，歌唱这个奇迹——
你不知从哪来到我的身边，
你走了，仿佛一切都离我而去——永远。
我们之间隔着草木丛生的岁月。
而你突然考虑返回此地，
那围绕我的一切，慢慢变成现实。
我知道，谁在圆圆的镜子中融化，
我知道，谁在黑色的喷泉楼中犹豫不决，
……压在我的肩上。
我明白了——这甚至不是复仇，
他只是祈祷着，请求原谅……

1956年（？）

这是个平常的清晨……

这是个平常的清晨

莫斯科的,近乎夏日的清晨,

更加平常的是这次相见:

有人去了某人那里一小时。

……突然间所有语言变得沉寂。

仿佛只有野蔷薇在诉说,

它的声音无比红艳,芳香,清新……

…………

仿佛是那闪烁的本质,

它曾在十年前向我

打开——如今重新出现在我的面前

仿佛突然灯光大亮

仿佛先前,约安看见了那些事物,

还有秘密的合唱班,安息在叶子之间

歌唱的声音如此……
但丁曾这样为我们描述过它。

1956 年（？）

选自列宁格勒挽诗

啊!从多么壮美的黑暗中,
从最决绝的离别里
都可以返回——我知道。
今天是个普通的日子
……那人就是你。
你说出了那些被禁止的日期,
你说出了被禁止的名字。
你说出了,那些不可思议的
想象的事物。你走来说,
你发了誓,并已兑现。
(你重又离去——现在是永不再见)。
而这——如此美妙,
如此大公无私,如此慷慨大方!

……极致的纯净

你发出的声音——无边的纯净,
我觉得,我浸入了自己的灵魂。

　　　　　　　　　　　1956年(?)

会被人忘记？——这可真让我惊奇……

会被人忘记？——这可真让我惊奇！

人们忘了我一百次，

有一百次我躺进了墓地，

也许，至今我还在那里。

而缪斯，曾经耳聋目盲，

像种子一样在泥土里腐烂，

为了重新如同凤凰飞出灰烬，

在蔚蓝的天空中涅槃。

1957 年 2 月 21 日

列宁格勒

你徒劳地向我的脚下抛掷着……

> 我看见，
> 我的天鹅怡然自乐。
> ——普希金

你徒劳地向我的脚下抛掷着
傲慢，荣誉，权利。
你自己都明白，不能用这些医治
诗歌写作的幸福嗜欲。

难道你想以此消除屈辱？
或是用黄金治愈痛苦？
也许，我会装作屈服。
但我不会用枪口顶住太阳穴。

反正死神就站在门口。
请你驱赶她或召唤她吧，

她的身后道路一片幽暗,
我浑身是血在上面爬行,

她的身后是十年的
寂寞,恐惧,和空虚,
如果我能唱出这些多好啊,
又怕,你会哭泣。

好吧,别了。我不是生活在荒漠。
深夜与我同在,还有永远的罗斯。
请拯救我远离傲慢吧。
剩下的事情我自己去摆平。

1957年4月8日
莫斯科,奥尔登卡

我向他们鞠躬致敬……
　　——致奥·曼德里施塔姆

我向他们鞠躬致敬,仿佛对着酒杯,
他们身上珍贵的标志无以数计——
这是我们血迹斑斑的青春的
黑色而柔弱的消息。

还是那样的空气,如同深渊之上
某一年的半夜我曾经呼吸,
在那个空旷的铁灰色的暗夜,
呼唤和叫喊都徒劳无益。

哦,多么芬芳馥郁的石竹花,
什么时候我曾梦到那里,——
这是欧律狄刻①飞旋,

---

① 马其顿帝国腓力三世的王后。她的父亲是逊位的马其顿国王阿敏塔斯四世,母亲是腓力二世和奥姐塔的女儿库娜涅。

公牛在波涛汹涌中驮走欧罗巴①。

这是我们的阴影疾驰在
涅瓦河上,涅瓦河上,涅瓦河上,
这是涅瓦河水拍击着石阶,
这是你的通往永生的通行证。

这是那些打开房门的钥匙,
如今对它只字不提……
这是神秘的竖琴的旋律,
丢在造访者死后的草地。

1957年5月5—10日至1957年7月5日

莫斯科,科马罗沃

---

① 腓尼基公主,国王阿革诺耳(Agenor)的女儿。

我拿起话筒……

我拿起话筒。我说出呼叫的城市。
一个声音回答我,——这声音世上没有……
我并非如此孤独,当死亡的寒冷袭来时。
温柔的光线在周围流淌,微微泛着蓝色。
我说:"哦,上帝,谁还可以……我不相信,
两个声音会在空中相遇。"
而你回答:"这么久你仍记得自己的损失,
甚至在死后我仍听见你远方的呼唤,亲爱的天使。"
但是,上帝啊,作为对我提问的回答,
竟然是因为恐惧而全身打着寒战,
我听到的是自己的呻吟……
房间中的一切如同平常,
脚下的地板仿佛断头台,
而那部电话机,
在圆桌之上变得黑暗,
就像刑讯的工具,永远沉寂。

1957年6月19日

八月

它遵守清规戒律,又狡猾调皮,
它比所有的月份都可怕:
每一个八月里,公正的上帝啊,
都有那么多的节日和死亡。
允许享用美酒和橄榄油……
救主节,圣母升天节……星斗满天的苍穹!
它引领我们向下,如同那条林荫道,
晨曦的余光在那里闪现着红色,
向上,它引导我们,如同梯子,
走向无尽的迷雾和冰雪。

它伪装成神奇的森林,
但失去了自己的酒杯。
它曾是希望减轻痛苦的饮料
在极圈内的破板床的寂静里……
　…………………

而如今！你，是新的痛苦，
窒息着我的胸口，如同毒蛇……
又仿佛黑海轰鸣，
找到了我的床头。

1957 年 8 月 27 日

科马罗沃

讽刺短诗

我能否像但丁创造出比切①，
或者让劳拉②赞颂爱情的火热？
我教会了女人说话……
可是，上帝啊，如何迫使她们住嘴！

1957年夏
科马罗沃

---

① 比切，即贝雅特丽齐（1266/1267—1290），意大利著名诗人但丁的缪斯和暗恋情人，但丁《神曲》中的重要出场人物之一。
② 此处的劳拉可能指意大利文艺复兴时期诗人彼特拉克（1304—1374）笔下的劳拉（Laura de Noves），彼特拉克的热恋情人，为其写了许多情诗。

音乐

——致德·德·肖斯塔科维奇 ①

她的内部燃烧着某种神奇的火焰,
她的眼中那些界限都游移不定。
当别人都害怕走近我时,
只有她独自和我交谈。
当最后一位朋友移开了视线,
只有她独自和我待在墓地
像第一声春雷那样歌唱,
又像所有的花朵那样低语。

1957 年 9 月 10 日

---

① 德·肖斯塔科维奇(1906—1975),苏联最重要的作曲家之一,20 世纪世界著名作曲家之一。卫国战争中所创作的第七交响曲享誉世界;1957、1962 年先后因第十、十三交响曲引发争论。

所有人,——那些没被邀请的……

所有人,——那些没被邀请的,——在意大利,
发来家人般真挚的问候,
我留在了自己的镜子后面,
这里没有光线,没有空气,
红色的窗帘后面
一切事物总是翻转朝天……
我不会和那些莱昂纳多们
交换眼色,传递秘密,
不会呼吸着幽禁的寂静
让我从来不会看到的地方,
不会和一大群数不清的
前额凸起的修女混杂在一起。

       1957 年 9 月 26 日
       1958 年 2 月 7 日(完稿)
       莫斯科

这棵柳树的叶子在十九世纪枯萎了……

这棵柳树的叶子在十九世纪枯萎了，
为了百倍新鲜地在诗句中闪耀银光。
荒芜的玫瑰变成了紫红色的野蔷薇，
贵族学校的颂歌依旧为祈祷健康而响起。
半个世纪过去了……我被奇怪的命运慷慨奖赏，
我在失去知觉的日子忘却了岁月的流逝，——
我回不到那里去了！但是，我将在忘川之畔带去
我的皇村花园的鲜活轮廓。

1957 年 10 月 5 日
莫斯科